LES

MOHICANS

DE PARIS

PAR

ALEXANDRE DUMAS

10

PARIS

ALEXANDRE CADOT, ÉDITEUR

37, rue Serpente.

—

1858

LES MOHICANS DE PARIS

Ouvrages de A. de Gondrecourt.

—

Le Baron Lagazette. . . . . 5 vol.
Le Chevalier de Pampelonne. . . . . . 5 vol
Mademoiselle de Cardonne. . . . . . 3 vol.
Les Prétendants de Catherine. . . . . 5 vol.
La Tour de Dago. . . . . 5 vol.
Le Bout de l'Oreille. . . . . 7 vol.
Un Ami diabolique. . . . . 3 vol.
Médine. . . . . 2 vol.
La Marquise de Candeuil. . . . . . 2 vol.
Le Légataire. . . . . 2 vol.
Le dernier des Kerven. . . . . 2 vol.
Les Péchés mignons. . . . . 5 vol.

———

Ouvrages d'Alexandre Dumas fils.

—

Le Roman d'une Femme. . . . . . . 4 vol.
Tristan-le-Roux . . . . 3 vol.
Le Docteur Servans. . . . . 2 vol.
Césarine . . . . 1 vol.
Aventures de quatre femmes. . . . . 6 vol.

———

Ouvrages de Léon Gozlan.

—

Georges III. . . . . 3 vol.
Aventures du Prince de Galles. . . . . 5 vol.
La Marquise de Belverano. . . . . . 2 vol.

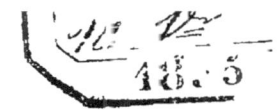

LES

MOHICANS

DE PARIS

PAR

ALEXANDRE DUMAS

10

PARIS

ALEXANDRE CADOT, ÉDITEUR

37, rue Serpente.

———

1855

I

Le portrait de M. Rappt.

Régina, debout sur le seuil du pavillon, la main posée sur la tête de la petite Abeille, attendait.

Qui attendait-elle ?

Non pas Pétrus peut-être, mais, à coup sûr, l'heure qui devait l'amener.

Pétrus la vit donc de loin.

Les jambes faillirent lui manquer; il regarda s'il y avait, à sa portée, un arbre pour s'y appuyer, un banc pour s'y asseoir.

Mais, par une réaction rapide de sa volonté, il retrouva, sinon toutes ses forces, du moins une partie de ses forces.

Seulement, dès qu'il aperçut Régina, il

se découvrit et passa sa main sur son front pâle et humide.

La jeune fille était aussi pâle que lui.

On voyait visiblement sur son visage la trace de l'insomnie et des larmes.

Le visage de Pétrus trahissait de son côté, sinon les larmes, du moins l'insomnie.

Tous deux se regardèrent avec plus de curiosité que d'étonnement : on eût dit que chacun cherchait à savoir ce qui se passait dans le cœur de l'autre.

Un pâle sourire passa sur les lèvres de Régina.

— Je vous attendais, monsieur, dit-elle de sa voix mélodieuse comme un chant d'oiseau.

— Vous m'attendiez, moi ? dit Pétrus.

— Sans doute, n'avons-nous pas séance aujourd'hui ? n'avez-vous pas reçu mon billet ? n'ai-je point, après vous les avoir faites par écrit, des excuses de vive voix à vous faire ?

— Des excuses ? dit Pétrus.

— Sans doute. J'eusse dû vous écrire le matin au lieu de vous écrire le soir, pour vous épargner un dérangement ; mais j'étais tellement préoccupéé, que j'ai eu le tort de l'oublier.

Pétrus s'inclina, et sembla attendre que Régina lui montrât le chemin du saloñ.

— Allons, allons, viens, ma sœur, dit la petite Abeille, tu sais qu'il faut que ton portrait soit fini aujourd'hui.

— Ah ! dit amèrement Pétrus, *il faut* que votre portrait soit fini aujourd'hui ?

Une flamme passa sur les joues pâles de Régina, et disparut comme eût fait le reflet d'un éclair.

— Ne faites point attention à ce que dit cette enfant, monsieur ; elle aura entendu dire à quelqu'un qui ne sait point ce que c'est que les exigences de l'art, *qu'il fallait* que ce portrait fût fait aujourd'hui, et elle répète ce qu'elle a entendu dire.

— Je ferai de mon mieux, mademoiselle, dit Pétrus en s'asseyant devant sa toile, et si je puis, je vous débarrasserai de moi en une séance.

— Me débarrasser de vous, monsieur,

dit Régina, le mot ne m'étonnerait pas dit à ma tante, la marquise de la Tournelle, mais dit à moi, il est injuste; j'allais même, ajouta-t-elle avec un soupir, j'allais même dire cruel.

— Excusez-moi, mademoiselle, dit Pétrus; puis, sans pouvoir retenir ni le geste ni la parole, portant la main à sa poitrine : Je souffre ! dit-il.

— Vous souffrez ! dit Régina avec un étrange sourire, comme si elle eût voulu dire : Il n'y a rien là d'étonnant, moi je souffre aussi.

— Monsieur Pétrus, dit la petite Abeille,

je vais vous dire une chose qui vous fera plaisir.

— Dites, mademoiselle, fit Pétrus, saisissant au vol la distraction qu'allait lui apporter le babil de l'enfant.

— Eh bien, mon père, pendant que Régina était à la campagne, est venu voir hier le portrait de ma sœur avec M. Rappt, et il en a été très content.

— Je remercie M. le maréchal de son indulgence, dit Pétrus.

—Vous devriez plutôt remercier M. Rappt

que mon père, dit la petite Abeille, car M. Rappt, qui n'est jamais content de rien, en a été très content aussi.

Pétrus ne répondit rien, tira son mouchoir de sa poche et essuya son front.

A ce nom odieux qui venait d'être prononcé deux fois, toutes les colères soulevées depuis quarante-huit heures en lui, apaisées un instant, recommencèrent à gronder comme un orage.

Régina vit cette émotion, et instinctivement elle comprit qu'elle venait des paroles de l'enfant.

— Abeille, dit-elle, j'ai soif, fais-moi le plaisir d'aller me chercher un verre d'eau.

La petite fille, pressée d'obéir à sa sœur, bondit hors du salon.

Mais comme le silence était la chose la plus embarrassante du monde dans la situation d'esprit où étaient les deux jeunes gens, Régina ne voulut point le laisser s'établir, et sans trop savoir ce qu'elle disait :

— Et qu'avez-vous fait, monsieur, dans cette triste journée d'hier, ne pouvant travailler à mon portrait ?

— J'ai d'abord été voir la petite Rose-de-Noël.

— La petite Rose-de-Noël? dit vivement Régina.

Puis, plus bas :

— Vous avez été voir cette enfant?

— Oui, dit Pétrus.

— Puis?

— Puis j'ai fait une aquarelle.

— D'après elle ?

— Non ; de fantaisie.

— Sur quel sujet ?

— Oh ! dit Pétrus, un sujet fort triste.

— Lequel ?

— Une jeune fille a voulu s'asphyxier avec son amant.

— Plaît-il ? interrompit Régina.

— Elle n'y a pas réussi, continua Pétrus ; l'amant seul est mort.

— Mon Dieu !

— J'ai choisi le moment où, couchée
sur son lit, elle rouvre les yeux. Trois de
ses amies sont agenouillées autour de son
lit ; dans le fond, un moine dominicain
prie les yeux levés au ciel.

Régina regarda Pétrus d'un air effaré.

— Et cette aquarelle, demanda-t-elle ?

— La voilà, dit Pétrus.

Et il présenta à Régina le papier roulé.

Régina le déroula et jeta un cri.

Pétrus, qui ne connaissait ni Fragola ni
Carmélite, avait fait la tête de la première
cachée entre ses mains, et celle de la seconde dans l'ombre portée par le rideau
du lit; mais les têtes de Régina, de madame de Marande et du moine, qui étaient
connues de Pétrus, étaient d'une ressemblance parfaite.

En outre, les moindres détails de la chambre de Carmélite, détails indiqués par
Jean Robert, faisaient de ce dessin quel-

que chose d'inexplicable, de magique,
d'inouï pour Régina.

Elle regarda Pétrus.—Pétrus travaillait
ou faisait semblant de travailler.

— Tiens, ma sœur, dit la petite Abeille,
en rentrant sur la pointe du pied pour ne
rien perdre du breuvage qu'elle rapportait,
voilà ton verre d'eau.

Il n'y avait pas moyen de demander
la moindre explication devant la petite
Abeille ; d'ailleurs, Pétrus voudrait-il en
donner ?

Régina prit le verre et le porta à ses lèvres.

— Puis, dit Pétrus, outre cette visite à la petite Rose-de-Noël, outre cette aquarelle, faite d'imagination, j'ai encore appris une chose, mademoiselle, dont je vous fais mon compliment bien sincère ; c'est que vous allez épouser M. le comte Rappt.

Pétrus put entendre, dans le silence qui suivit ses paroles, les dents de Régina claquer aux bords du verre qu'elle portait à ses lèvres, et que, d'un mouvement presque convulsif, elle rendit à la petite Abeille en répandant sur sa robe la moitié de l'eau qu'il contenait.

Cependant, faisant un suprême effort sur elle-même.

— C'est la vérité, répondit-elle.

Et ce fut tout.

Puis, attirant l'enfant à elle, comme si elle était si faible qu'elle cherchât un appui dans l'enfance, c'est-à-dire dans l'enblême de la faiblesse, elle baissa les yeux et appuya sa tête sur la tête blonde de l'enfant.

Il y eut, dans cette réponse et dans ce mouvement de Régina, une telle expression de douleur, que Pétrus comprit qu'il n'avait plus rien à demander.

X   2

Il avait frissonné jusqu'au cœur en entendant la voix, il avait suivi des yeux la tête de la jeune fille, se penchant mollement comme une fleur qui se fane, et demeurant enfin dans une indéfinissable attitude.

Tout cela voulait dire :

— Pardonnez-moi, ami, je suis aussi malheureuse, peut-être même plus malheureuse que vous.

A partir de ce moment, il se fit dans la serre un tel silence, qu'on eût pu entendre les boutons de roses s'entr'ouvrir.

Que pouvaient-ils se dire, en effet, les
deux beaux jeunes gens? Les sons les plus
doux, les mots les plus harmonieux, pouvaient-ils rendre la millième partie des
émotions suaves qui murmuraient tout bas
dans leurs cœurs ?

Le silence de Régina disait :

— Voilà donc le secret qui faisait ta pâleur, jeune homme, et la tristesse de ton
visage n'était que le reflet de la tristesse
de ton cœur ! Ainsi donc, hier quand, agenouillée auprès du lit d'une amie qui avait
voulu mourir avec son amant, je me disais
en pensant à toi : « Heureuse Carmélite,
si tu fusses morte avec l'amant de ton

cœur ! Heureuse, oui, bien heureuse,
car mieux vaut mourir avec celui que
l'on aime, que de vivre avec celui que l'on
hait ! »

Toi, pendant ce temps, rêvant à moi, tu
allais voir cette enfant que j'avais soignée
pendant sa maladie ; puis, par un miracle
d'intuition, tu me suivais dans ma course,
et tu me voyais agenouillée au pied du lit
de mon amie !

As-tu donc l'œil des anges, artiste divin,
et comme eux, vois-tu à travers l'espace,
sans que les obstacles matériels puissent
arrêter ta vue ?

Tu m'accuses au fond du cœur, ingrat aimé ! et tu ignores que depuis que je t'ai vu, j'ai, moi aussi, mes heures d'insomnie et d'épouvante. Oui, d'épouvante ! car comme toi, et plus avant que toi peut-être, j'ai plongé dans le gouffre profond où l'on va m'ensevelir ; tu es pâle comme la mort, regarde, et vois ce que sont devenues les couleurs de mes joues ! Oh ! que ne puis-je te rendre les tiennes, et faire reprendre à ton front sa blancheur immaculée et sa sérénité céleste, en répandant sur toi, pauvre arbre flétri par l'orage, en répandant sur toi, comme une rosée salutaire, toutes les larmes de mon cœur !

Et le silence de Pétrus répondait

— Ah! tu m'aimes donc, beau lis vir-
ginal, et je me suis trompé quand je t'ac-
cusais de marcher souriante à cet hymé-
née. Oui, quand ta sœur, l'indiscrète
enfant, a prononcé le nom de cet homme,
j'ai vu le vent de la pudeur passer sur ton
front, et voilà que maintenant tu sais que
je t'aime! Voilà que brisée jusque dans
l'âme, pareille à la colombe amoureuse,
tu caches ton front sous ton aile pour
pleurer!

Hélas! tu m'as demandé le secret de ma
pâleur, tu le connais maintenant, puisque
te voilà, à ton tour, aussi pâle et plus pâle
que moi. Mais pourquoi restes-tu muette,
ô ma pensée? pourquoi n'entends-je pas

ta voix, ô mon amour? C'est que le silence à deux c'est la symphonie de l'amour, le rêve du matin plein de célestes murmures, d'ineffables espérances. Ne me réponds donc pas, et écoute chanter dans mon cœur, comme j'écoute chanter dans le tien l'hymne, l'hymne sacré, mélange d'allégresse et de douleur, qu'on n'entend qu'une fois et qui, éteint, ne se réveille jamais ! —

Et ce silence fut en effet pour les deux jeunes gens une joie suprême, une minute de bonheur illimité ; joie d'autant plus grande, bonheur d'autant plus ardent, que tous deux sentaient qu'en creusant ce bonheur et cette joie, ils finiraient par trouver une profonde douleur.

Ils s'aimaient, comme l'avait dit Pétrus à son oncle, d'un amour que la langue humaine n'avait pas de mots pour exprimer.

Seulement, au lieu de s'exhaler en chansons comme celui des oiseaux, leur amour, comme celui des fleurs, se répandait en parfums, et ils en savouraient les suaves émanations.

Par malheur, à cet instant suprême où leurs deux âmes, bien près de se confondre, allaient se réunir dans un paradis enchanté, la porte de la serre s'ouvrit brusquement, et la dévote et impertinente marquise de la Tournelle parut sur le seuil.

Cette apparition fit lourdement retomber les deux rêveurs sur la terre.

A la vue de la marquise, Pétrus se leva, mais inutilement; la marquise ne le vit pas, ou ne fit pas semblant de le voir.

Peut-être aussi fut-elle distraite par la petite Abeille, qui courut à elle et lui donna son front à baiser.

— Bonjour, petite, bonjour, dit-elle en l'embrassant et en allant à Régina.

Régina lui tendit la main en se soulevant sur la chaise.

— Bonjour, ma nièce, continua la marquise passant d'une salle à l'autre ; je viens de la salle à manger, on m'a dit que vous y aviez à peine posé. Cependant, je tenais à vous voir, attendu que j'ai quelque chose de fort important à vous dire.

— Si j'avais su avoir le plaisir de vous voir descendre au déjeûner, ma tante, répondit Régina, je vous eusse bien certainement attendue ; mais je croyais qu'hier et aujourd'hui vous étiez en retraite ou que vous déjeûniez chez vous.

— Aussi, pour vous seule suis-je descendue, ma nièce, et j'ai fait exception en votre faveur, en raison de la gravité des circonstances.

— Oh! mon Dieu, vous m'effrayez presque, ma tante, dit Régina en essayant de sourire, qu'y a-t-il donc?

— Il y a, ma nièce, que M. Coletti me mande dans une lettre, qu'hier, mercredi des cendres, on ne vous a pas vue à l'é-glise.

— C'est vrai, ma tante, j'étais au chevet d'une de mes amies mourante.

— C'est aujourd'hui que monseigneur fait son introduction au Carême, et il espère que vous assisterez au sermon.

— Vous m'excuserez auprès de monseigneur, ma tante, mais je ne compte pas sortir de la journée. J'ai eu hier une grande affliction, je suis encore très souffrante, j'ai besoin de tranquillité et ne bougerai pas d'ici aujourd'hui.

— Ah! fit aigrement la vieille marquise.

— Oui, continua Régina, avec une fermeté de voix et de regard qui semblait justifier son nom; je compte même me retirer dans ma chambre après la séance, car vous voyez que je suis en train de poser, ma tante, et à ce propos, je vous ferai remarquer que vous me cachez complètement à M. Pétrus.

— Tiens ! fit la vieille dame.

Et se retournant vers le peintre.

— Pardonnez-moi, dit-elle, monsieur je ne vous avais pas aperçu. Vous allez bien, depuis lundi ?

— Parfaitement, madame.

— Tant mieux ! imaginez-vous, ma nièce, quelle a été ma surprise lundi en trouvant M. Pétrus Herbel chez le général de Courtenay, auquel j'allais rappeler que c'était avant-hier, mardi, mon anniversaire.

— Je ne vois pas ce qui a pu vous surprendre là-dedans, ma tante. Il n'y a rien d'étonnant, ce me semble, à trouver le neveu chez l'oncle.

— Vous saviez cela, vous?

— Je savais que M. Pierre Herbel de Courtenay était neveu du général comte Herbel de Courtenay, oui, ma tante, je savais cela.

— Eh bien! je l'ignorais, moi; je suis toujours étonnée qu'un peintre soit allié à une famille dont les ancêtres ont régné.

— J'espère, madame, dit Pétrus, qu'une personne aussi éminemment religieuse que vous, met les apôtres et les saints au-dessus de tous les rois et tous les empereurs de la terre ?

— Pourquoi espérez-vous cela ?

— Je ferai observer à madame la marquise de la Tournelle qu'elle répond par une question à la question qu'a l'honneur de lui adresser le vicomte Pierre de Courtenay.

Si impertinente qu'elle fût, la marquise se trouva un peu décontenancée.

— Sans doute, répondit-elle. Je mets les
apôtres et les saints au–dessus des empereurs et des rois, puisqu'ils viennent après
Jésus–Christ.

— Eh bien, madame la marquise, saint
Luc était bien peintre, pourquoi un descen-
dant des empereurs ne le serait-il pas ?

La marquise se mordit les lèvres.

— Ah ! dit-elle, vous me rappelez à la
véritable question, et je vous remercie. Je
savais bien que j'étais venue pour autre
chose.

Ni Régina ni Pétrus ne répondirent.

— J'étais venue, continua la marquise s'adressant à Pétrus, pour vous demander si le portrait serait bientôt fait.

Régina baissa la tête avec un soupir qui ressemblait à un gémissement.

Pétrus entendit la question de la vieille marquise, vit le mouvement de Régina, mais ne comprit absolument rien ni à l'un ni à l'autre.

La marquise les regarda l'un et l'autre, et voyant que ni l'un ni l'autre ne répondait :

— Eh bien ! qu'y a-t-il donc de si extraordinaire à ma question ? fit-elle. Je vous demande, monsieur Pétrus, si le portrait du comte Rappt avance ?

— Je ne comprends pas ce que madame la marquise me fait l'honneur de me demander, répondit Pétrus dans le cœur duquel commençait de pénétrer un vague soupçon.

— C'est moi qui m'exprime mal, en effet, dit la marquise. J'appelle par anticipation le portrait de Régina le portrait de M. Rappt. Il est vrai qu'il ne sera le portrait de M. Rappt que le jour où mademoiselle Régina de Lamothe-Houdon sera la comtesse

Rappt. Mais comme d'ici à huit jours ce
sera chose faite...

— Pardon, madame, demanda Pétrus
pâlissant affreusement, ce portrait que je
fais là est donc destiné à M. Rappt?

— Mais sans doute. C'est le principal
ornement de la chambre nuptiale.

Il se fit à ces mots un tel bouleversement
sur le visage de Pétrus, que la marquise
s'en apercevant :

— Oh ! oh ! monsieur, dit-elle, qu'avez-vous donc? on dirait que vous allez vous trouver mal.

En effet, Pétrus, debout, le front ruisselant de sueur, l'œil hagard, ressemblait à la statue du Désespoir.

La marquise se retourna alors vers sa nièce pour lui faire remarquer la pâleur du jeune homme. Mais elle vit Régina si pâle elle-même, qu'on eût dit qu'elle venait d'être frappée à la même place et du même coup qui avait frappé le jeune homme.

La marquise était femme d'expérience; elle devina à l'instant même ce qui se passait entre les deux jeunes gens, et, portant alternativement ses regards de l'un à l'autre, elle répéta entre ses dents ce monosyllabe expressif :

— Tiens ! tiens ! tiens !

Puis prenant Abeille par la main de peur que, malgré sa jeunesse, la petite fille ne comprît quelque chose à cette double douleur, et l'entraînant avec elle :

— Je n'avais pas autre chose à vous demander, ma nièce, dit la marquise. Je sais maintenant tout ce que je voulais savoir...

Et elle sortit.

A peine la portière était-elle retombée derrière elle que Pétrus jeta un cri, et, tirant de sa poche un petit poignard turc qu'il portait habituellement sur lui :

— Ah ! dit-il, et ce portrait que je faisais avec tant d'amour, c'était pour lui, pour le comte Rappt, pour cet infâme ! cela ne sera pas ainsi ! Je puis être la victime de son bonheur, je n'en serai pas le complice !

Et enfonçant le poignard dans la toile, il la déchira depuis le haut jusqu'en bas.

Régina entendit le craquement de la toile, et à ce craquement ressentit la même commotion que si le poignard l'eût frappée au lieu de frapper le portrait, et, en la frappant, lui eût tranché la grande artère du cœur.

Et cependant, tout en pâlissant encore, ce qu'on eût cru impossible, tout en renversant sa tête en arrière, comme si sa dernière force et même celle de la volonté l'eût abandonnée, elle eut encore la puissance de tendre la main au jeune homme :

— Merci, Pétrus, dit-elle, c'est comme cela que je voulais être aimée.

Pétrus se précipita sur cette main, la baisa avec fureur et s'élança hors du salon en criant :

— Adieu pour toujours !

Un gémissement lui répondit. Régina venait de s'évanouir.

Et maintenant, laissons mademoiselle de Lamothe–Houdon et Pétrus Herbel à leur désespoir amoureux, et allons d'un seul bond voir à Vienne ce qui s'y passait dans la soirée du mardi–gras 1827.

I

Représentation au bénéfice de mademoiselle Rosenha Engel, première danseuse du théâtre de la porte de Carinthie à Vienne.

Le mardi–gras de l'année 1827, vers six heures du soir, la ville de Vienne présentait un aspect inaccoutumé.

Un étranger, voyant la foule qui se pressait dans ses rues, eût été bien embarrassé

de dire à quelle fin la population se ruait
•si précipitamment, de Stubenthor, de Léo-
poldstadt, de Schottenthor et de Mariahulf,
en un mot, de tous les faubourgs de la ville,
et convergeait pour ainsi dire des quatre
points cardinaux vers un même centre, qui
semblait être la place du palais.

Et pourtant ce n'était point vers le palais
que se dirigeait cette foule; et si mille
équipages aux armes de toutes les grandes
maisons d'Allemagne stationnaient dans
les rues avoisinant ce même palais ce n'é-
tait ni pour une naissance, ni pour une
mort, ni pour un deuil, ni pour une dé-
faite, ni pour une victoire, que la ville était
en rumeur.

Non, toute cette foule se rendait simplement au théâtre impérial, où la célèbre
danseuse Rosenha Engel donnait par extraordinaire sa représentation à bénéfice,
le théâtre de la porte de Carinthie étant en
réparation.

Or, la réputation européenne de beauté,
de vertu et de talent de la célèbre danseuse, justifiait l'empressement de la population viennoise, d'autant plus qu'on disait vaguement que .cette représentation
était la dernière qu'elle donnerait dans la
capitale de l'Autriche, attendu qu'elle se
disposait à partir pour la Russie, qui, dès
cette époque, commençait à nous enlever
nos meilleurs artistes.

Quelques-uns soutenaient même qu'elle se retirait sérieusement et définitivement du théâtre, si sérieusement qu'elle était sur le point d'épouser un prince.

D'autres, enfin — mais c'était le plus petit nombre, il faut le dire — affirmaient qu'elle allait entrer dans un couvent.

Il y avait donc mille raisons qui expliquaient l'empressement de cette foule, et la preuve, c'est qu'elle accourait du pas dont on va voir un spectacle qu'on ne reverra plus jamais.

Toutefois, elle accourait vainement; depuis huit jours, la salle était louée, et la salle eût contenu trente mille personnes de plus, qu'elle eût été louée de même. Le désappointement fut donc grand pour ceux qui, venus en toilette et sans avoir dîné, de Heidling, de Meitzing, de Beaumgarten, de Briggitten, de Stadhau et de tous les pays à cinq lieues à la ronde, trouvèrent l'entrée interdite à quiconque n'avait pas sa place louée d'avance.

Ce fut un hourra de dépit, d'indignation et de colère qui, parti de la place de la Parade, retentit jusqu'au Prater, lorsque se répandit cette nouvelle que la salle était complétement louée ; et nul doute que la foule furieuse ne se fût livrée à quelque

bruyante représaille, si les équipages de
l'empereur et de la cour, venant tout à
coup à passer et à s'arrêter devant le théâtre, n'eussent comme une digue, fait rentrer cette marée dans son lit.

La foule.— nous parlons de la foule autrichienne surtout — la foule qui jamais
n'a de rancune, mais qui toujours a besoin
de crier, se dédommagea des malédictions
que l'empêchait de pousser la présence de
la famille impériale, en criant : « Vive
l'empereur! » et comme Ruy-Blas, de pittoresque et poétique mémoire, se contenta,
pour tout spectacle, de regarder descendre
des équipages, après Sa Majesté, toutes les

princesses, duchesses, archiduchesses et comtesses de la cour.

Bien que ce spectacle soit sans doute fort intéressant, nous préférons aller attendre l'arrivée des illustres personnages qui en font l'objet, commodément assis dans une stalle du théâtre, où notre titre d'auteur dramatique, que nous déclinons au contrôle, nous donne le droit d'entrer librement, et à la porte duquel un immense bassin d'argent reçoit les offrandes destinées par le public d'élite à la bénéficiaire.

La salle du Théâtre-Impérial de Vienne est, dans les temps ordinaires, médiocrement élégante ; mais, parée comme elle l'était ce soir-là, elle offrait un coup d'œil

vraiment féerique. A la voir dans son en—
semble, on eût dit l'intérieur d'un palais
arabe où chatoyaient, étincelaient, chan—
taient, respiraient, des diamants, des perles, des dentelles, des femmes et des
fleurs ; de quelque côté que l'on tournât
les yeux, on n'apercevait que blancs visa-
ges et fraîches épaules, au milieu desquels
ne faisait tache ni la figure morose, ni le
vêtement sombre de l'homme ; c'étaient
des masses de fleurs qui s'épanouissaient
sans que par aucun endroit perçât le tronc
noir de l'arbre, et il semblait que quelque
divinité reproductrice eût été chargée de
réunir là tout ce qu'il y avait de beau dans
le vieux monde, afin d'en composer un
nouveau.

Dans la loge impériale, placée à l'avant-

scène de droite, et formée de la réunion de
trois loges qui se séparent où se confon-
dent à volonté, étaient d'abord dix femmes,
toutes jeunes, toutes belles, toutes blondes,
toutes vêtues uniformément de robes de
dentelles, la poitrine et la tête couvertes de
fleurs, entre lesquelles, comme des gouttes
de rosée, scintillaient des diamants ; dix
femmes — ou plutôt dix jeunes filles, car
la plus âgée n'avait pas vingt-cinq ans —
dix jeunes filles qu'on eût prises pour dix
sœurs, tant elles se ressemblaient en grâces, en jeunesse, en beauté, tant elles figu-.
raient les dix premières journées du mois
de mai.

En face de la loge impériale, c'est-à-dire

X   4

dans l'avant-scène de gauche, comme dans
une seconde corbeille destinée à faire pendant à la première, s'étageaient les sept
fleurs fraîchement écloses de la nouvelle
branche de Bavière, les princesses José-
phine, Eugénie, Amélie, Elisabeth, Frédé-
rique, Louise, Marie.

Les loges attenantes à la loge impériale
d'Autriche et à la loge royale de Bavière,
semblaient une forêt héraldique où s'en-
trecroisaient les rameaux généalogiques
des arbres princiers de toutes les Hesses :
Hesse – Darmstadt , Hesse – Hombourg,
Hesse - Rhinfeldt , Hesse – Rothembourg,
Hesse-Cassel , Hesse-Creuseberg , Hesse-
Philipstal, Hesse-Barchfeldt ; les princesses

de Nidda, de Hohenlohe Wilhelmine de
Bade, et les petites princesses Berthe et
Amélie, imperceptibles boutons de ce riche
bouquet de fleurs.

Puis venaient les loges des maisons de
Wittemberg, de Stuttgard, de Neusteadt,
de Montbéliard, de Saxe, de Brandebourg,
de Bade, de Brunswick, de Mecklembourg,
de Schweren, d'Anhalt, des princesses Ma-
rianne et Henriette, et de la petite princesse Thérèse, du rameau royal de Nas-
sau.

Mais ce qui attirait particulièrement l'attention des spectateurs, ce n'étaient ni la
loge impériale d'Autriche, ni la loge royale

de Bavière, ni toutes ces autres loges dé-
ployant au-dessus du parterre le blason
vivant de l'Allemagne; ce n'étaient ni les
aigrettes de diamants qui envoyaient leurs
rayons, ni les couronnes de fleurs qui envoyaient leurs parfums, ni les lèvres dou-
blées d'émail, qui envoyaient leurs sourires ; — non.

Ce qui éveillait tous les regards, ce
qui excitait un sentiment d'admiration
presque d'enthousiasme, ce qui, enfin,
comme nous l'avons dit tout à l'heure,
donnait à cette salle l'aspect d'un palais
d'Orient et eût pu faire croire à un rêve
des *Mille et une Nuits*, c'étaient les étran-
ges et beaux personnages qui occupaient la
loge de face, d'habitude destinée aux aides-

de-camp de l'empereur, et correspondant
à celle qui, chez nous, tient le milieu de la
galerie.

Qu'on imagine, en effet, l'éventail à la
main, vêtu de cachemire blanc tramé de
perles et d'or, le cou enveloppé d'une
écharpe de gaze où, comme scintillent les
étoiles à travers un nuage, scintillaient de
splendides pierreries, la tête couverte d'un
turban de brocart, d'où s'échappait les
plumes d'émeraude d'un paon, fixées au-
dessus du front par un diamant gros
comme un œuf de colombe ; — qu'on imagine un bel Indien de quarante-cinq à quarante-huit ans, aux moustaches et à la
barbe parfaitement noires, qu'à la fierté de
ses yeux, on eût pris pour un des radjahs

indépendants du Baghilkung ou du Bun-
delkund, et à la richesse de ses vêtements,
pour le génie des mines de diamants de
Panna.

Autour de lui — puisque nous sommes
en face d'un tableau de Delhy ou de Lahore, qu'on nous permette d'employer une
comparaison indienne — autour de lui,
comme des étoiles autour de la lune, quatre
jeunes filles aux paupières noircies, aux
joues safranées, aux yeux étincelants, sous
la lumière des mille bougies de la salle,
comme au milieu des ténèbres, les yeux
des animaux de la nuit, quatre jeunes In-
diennes, dont l'aînée n'avait pas quinze
ans, enveloppées de gaze, et vêtues de tu-

niques en cachemire blanc de Boukara.

Derrière le radjah, — c'était le titre que
l'on donnait à l'étranger, — six jeunes In-
-diens vêtus de robes de soie brochées vert,
bleu et orange, de tous ces tons vifs et
chauds nuancés par le soleil lui-même sur
cette gigantesque palette de l'Inde où Vé-
ronèse semble avoir trempé son pinceau.

Enfin, au fond de l'immense loge, dans
une espèce de salon de service, se tenaient
debout, immobiles, huit valets à grandes
barbes et à longues robes de percale blanche, en turban d'or et d'écarlate.

L'un d'eux, qui occupait près du radjah
l'emploi de héraut, était le tchouparassi,

ainsi appelé de sa large écharpe rouge qu'il
portait de l'épaule droite au côté gauche,
et à laquelle pendait une grande plaque
d'or où étaient tracés, en langue persane,
les noms, titres et qualités du maître.

Les autres étaient des *Harkaras* de Delhy,
un *Tamoul* de Madras et un *Pundit* de Bénarès, titres qui correspondent, chez nous,
à ceux de chambellan et janissaires.

Au milieu de cette salle, où la blancheur
des dentelles et des robes rayonnait aux
lumières comme la neige au soleil, cette
loge indienne, éclatante, colorée, ressemblait à une verdoyante oasis assise sur un
des plateaux neigeux de l'Hymalaya, et, en

fermant, sous les rayons qu'elle projetait,
leurs yeux éblouis, les spectateurs voyaient
en imagination se dérouler devant eux
comme un panorama de toutes ces villes de
l'Inde dont le nom seul, murmuré à nos
oreilles, nous fait l'effet d'un conte ou d'une
chanson ; Sazaram, Bénarès, Mirzapour,
Kallinger, Kalpi, Agra, Bendrabund, Mut-
trah, Delhy, Lahore, Cachemire.

On voyait défiler les palais, les tombeaux,
les mosquées, les pagodes, les kiosques,
les cascades, toutes les féeries de l'antique
architecture hindoue.

Il vous arrivait comme des parfums de
fraisiers et d'abricotiers sauvages, comme

des bouffées odoriférantes de branches de cèdre brûlées par les montagnards sur les rampes du Djavahir.

Et, des cîmes neigeuses, des sommets vaporeux de cette rêverie, on voyait luire les verts gazons des vallées Thibétaines, où, disent les poètes, la pluie n'est jamais tombée.

On oubliait, enfin, le lieu où l'on était, l'heure, le théâtre, l'empereur, la ville, l'Europe, et l'on se sentait prêt à ouvrir les ailes, et à s'envoler vers les terres bénies d'où venaient ces splendides visions!

Au milieu de cette ville de l'Inde en mi-

niature, au premier rang de cette loge, à
la droite de celui qui semblait un prince
indien, tant, autour de lui, tout était royal
et asiatique, se tenait un homme dont nous
n'avons pas encore parlé, et qui, par son
costume européen, par son habit noir
fermé et à la boutonnière duquel était attaché le ruban d'officier de la Légion-
d'Honneur, faisait un singulier contraste
avec l'étranger.

Pourtant, en examinant soigneusement
le costume du radjah, le contraste n'eût
point paru si grand; car on eût aperçu,
attachée dans un pli de sa robe blanche,
une rosette semblable à celle qui décorait
la poitrine de l'Européen.

Nul ne savait précisément ce qu'étaient ces deux hommes arrivant du pays des rêves, et qui, partout, au théâtre où à la promenade, dans là même loge ou la même voiture, se présentaient sur le pied de l'égalité.

Voilà les bruits qui couraient à leur endroit :

Le radjah des *Mille et une Nuits*, cet étranger dont le cortége ressemblait à celui du roi Salomon venant recevoir la reine de Saba ; ce nabab sur lequel étaient braquées les lorgnettes de tous les spectateurs et surtout de toutes les spectatrices, était, comme nous l'avons dit, un homme

de quarante-cinq à quarante-huit ans,
aux yeux bleus comme l'émail, à la figure
loyale, ouverte, franche, communicative
comme celle des Indiens des montagnes, à
la tournure facile et dégagée, aux manières
élégantes des Indiens des plaines.

On disait de lui que, disgracié par l'empereur Napoléon en 1812, à propos de
l'opposition qu'il s'était permis de faire
tout haut à la campagne de Russie, ne
voulant point rester inactif au commencement de sa carrière, ne voulant pas, comme
Moreau ou Jomini, servir contre la France,
il était parti pour l'Inde et était venu offrir
ses services à Rundjeet-Sing, qui lui-même, de simple officier, était devenu

radjah ou maradjah, ou plus simplement encore roi absolu de Lahore , du Pendjab, de Cachemire et de toute la partie inconnue de l'Hymalaya, que bornent l'Indus et le Sutledge.

Présenté au général Allard, qui commandait la cavalerie, le nouvel émigré, que l'on disait Maltais , et dont on ignorait le nom, avait été bientôt appelé par Rundjeet-Sing au commandement de l'artillerie, aux appointements de cent mille francs par an.

Mais de là ne lui venait point la fortune immense dont il jouissait. — Une légende toute orientale lui attribuait une autre

source. — On racontait qu'un jour, le roi-
de Lahore était venu passer dans le Pendjab la revue des troupes que commandait le
général maltais. Celui-ci lui avait fait dres-
ser un trône magnifique, posé sur un splendide tapis ; trône du haut duquel le roi
avait pu voir les merveilleuses évolutions
auxquelles, en moins de trois ans, le com-
mandant de l'artillerie avait dressé les
troupes et le matériel placés sous ses
ordres.

La revue terminée, Rundjeet-Sing, tout
étourdi de ce qu'il venait de voir, avait
voulu doubler les appointements de son
général d'artillerie ; mais celui-ci, en souriant, lui avait demandé si, en échange de

cette splendide augmentation qui peut-être
éveillerait la jalousie de ses autres généraux, il ne serait pas égal au radjah de lui
accorder le don qu'il allait lui demander.

Rundjeet-Sing avait incliné la tête en
signe de consentement.

Alors, le Maltais lui avait demandé de
lui donner en toute propriété le sol recou-
vert par le tapis qui supportait son trône,
c'est-à-dire un espace de terrain de vingt-
cinq pieds carrés à peu près.

Le roi avait accordé cette demande en
souriant.

Le tapis recouvrait une mine de diamants.

De sorte que le général de Rundjeet-
Sing était devenu si riche, disait-on, qu'il
eût pu payer pour son compte l'armée du
radjah , qui était de trente à trente-cinq
mille hommes.

Il était, ajoutait la légende indo-germa-
nique, depuis sept ou huit ans près du roi
de Lahore, lorsqu'un Corse, ancien officier
de l'Empereur, était arrivé à son tour près
de Rundjeet-Sing. Le radjah accueillait
avec ardeur tout ce qui venait d'Europe ;
et il n'avait point attendu que le nouveau
venu lui demandât un emploi. Il lui avait
fait offrir une place , soit dans ses armées,
soit dans son administration. Mais le nou-

veau venu était porteur d'une somme assez
considérable, qui, disait—on, lui avait été
donnée à Sainte-Hélène par l'Empereur
lui-même, et il avait tout r efusé.

Ce nouveau venu, ce Corse , c'était, disait-on encore, l'homme à l'habit noir, au
ruban rouge, au visage pâle, aux moustaches noires et épaisses, aux yeux profonds et pénétrants, qui se tenait à la droite
du magnifique Indien, et qui se faisait remarquer par son front soucieux comme un
nuage qui recèle la foudre, et par cette
attitude mâle et fière particulière aux
hommes qui ont combattu toute leur vie
pour la même idée.

Que venaient faire ces hommes en Eu-

rope? — Chercher, disait-on, des ennemis
à l'Angleterre, Rundjeet-Sing n'attendant
que l'appui d'une puissance européenne
pour soulever l'Inde tout entière.

Ils s'étaient arrêtés à Vienne pour y attendre, disaient-ils, le fils du radjah, jeune
prince de la plus haute espérance, resté en
convalescence à Alexandrie.

En arrivant dans la capitale de l'Autriche, ils avaient remis à M. de Metternich
leurs lettres de recommandation, — signées
du radjah de Lahore, — et l'empereur
d'Autriche les avait reçus avec la même
cordialité et la même pompe déployée,

pendant l'année 1819, pour recevoir Aboul
Hassan Khan, — ambassadeur de Perse.

Muni des présents que le radjah l'avait
chargé de déposer aux pieds de l'empereur, et parmi lesquels était son portrait,
encadré d'une riche bordure en pierre de
jade de Chine, — des tissus de soie et de
cachemire, des colliers de perles et de ru-
bis, il avait fait une entrée triomphale à la
cour, et la porte du palais que l'empereur
lui avait désigné pour habitation était as-
siégée, du soir au matin, par les courtisans
envoyés par leurs femmes, leurs sœurs ou
leurs filles — avec recommandation de
serrer assez tendrement les mains du nabab pour en faire tomber les diamants, les

émeraudes et les saphirs dont elles ruisse-
laient.

Et maintenant j'espère que l'on comprendra parfaitement pourquoi, le côté
pittoresque à part, la loge de l'envoyé du
mahradja de Lahore était le point de mire
de tous les regards.

III

Mirage indien.

Mais tout au contraire de cette foule
qui, son but trouvé, semblait n'avoir
de regards que pour eux, les deux amis
laissaient errer leurs yeux sur toutes les
loges à la fois ; n'ayant pas l'air de s'oc-

cuper le moins du monde des nobles princesses qui occupaient le premier rang, n
des belles spectatrices qui occupaient les
autres places, mais ayant l'air de vouloir
percer, avec les rayons de leurs yeux, pour
y chercher quelque spectateur encore ab-
sent, ou si bien caché, que leurs efforts
pour le découvrir étaient inutiles.

— A force de chercher à voir, dit l'Indien à son compagnon dans le dialecte de
Delby, que tous deux semblaient parler
avec la même facilité que les indigènes, je
n'y vois plus, mes yeux se troublent. Et
vous, Gaëtano, y voyez-vous quelque
chose?

— Non, répondit l'homme à l'habit noir

mais quelqu'un de bien informé m'a assu-
ré que, visible ou non, il assisterait à cette
représentation.

— Il est peut-être malade.

— Avec sa volonté de fer, une indispo-
sition, même sérieuse, ne serait point un
empêchement pour lui; il viendra ici ce
soir, dut-il venir en litière et se faire porter à sa loge. Quant à moi, je suis certain
qu'il y est déjà, et qu'il assiste à la représentation incognito, caché dans quelque
baignoire ou quelque loge du cintre. Comment voulez-vous qu'il laisse échapper,
sans en prendre sa part, cette réprésenta-
tion, la dernière, assure-t-on, que donne

une femme qui lui accorde, à lui, ce qu'elle refuse à tout le monde ?

— Vous avez raison, Gaëtano, il y est ou il y sera ; et vous avez, aujourd'hui encore reçu de nouveaux renseignements sur la Rosenha ?

— Oui, général.

— Conformes aux premiers ?

— Plus rassurants encore.

— Elle l'aime ?

— Elle l'adore.

— Sans intérêt, vous dites ?

— Mon cher général, je croyais que
vous connaissiez les Allemandes ; elles se
donnent, mais ne se vendent pas.

— Je la croyais Espagnole, mais non Allemande.

— C'est-à-dire qu'en effet, sa mère était
Espagnole, mais que prouve cela ? Qu'elle
est fière comme une Castillane, désintéres-
sée comme une Allemande.

— Vous avez eu des renseignements sur
la jeunesse de cette fille — je me trompe,
de cette femme.

— C'est tout une histoire, mais étran-
gère à ce qui nous occupe. Sa mère, ou
peut-être la femme qui passait pour sa
mère, — il parait qu'elle même n'a rien
de certain à cet égard — tant que la petite
fut enfant, vivait Dieu sait comme, en
donnant à jouer, en faisant pis, peut-être;
mais, Rosenha devenue jeune fille, on
commença à s'apercevoir de sa merveilleuse beauté, et l'on pensa à en tirer
parti.

Ce fut alors que la petite fille, pour
échapper au sort qui l'attendait, s'enfuit;
— elle avait onze ans, — se mêla à une
troupe de gitanos, où elle apprit toutes les
danses espagnoles. A treize ans, elle dé-

buta sur le théâtre de Grenade, passa successivement sur ceux de Séville et de Ma-
drid ; puis enfin, vint en Allemagne, re-
commandée à l'entrepreneur royal, par
l'ambassadeur autrichien en Espagne. Ce
n'est point sa vie que je vous raconte, comprenez-vous bien, général, c'est un som-
maire des événements qui l'ont compo-
sée.

— Et dans tout cela, vous voyez ?...

— Un côté parfaitement digne, parfaitement noble, parfaitement dévoué.

— Auquel vous croyez qu'on peut se
fier ?

— Auquel du moins , je me fierais,
moi.

— Si vous vous y fiez, vous, vous comprenez bién que je m'y fierai aussi, Gaëtano ; ou plutôt que je m'y suis fié déjà ,
puisque ma lettre est toute écrite, là, dans
cette bourse. Mais ce que je demande,
c'est si elle aura l'esprit assez grand pour
comprendre l'immensité d'un projet comme
le nôtre.

—Les femmes comprennent avec le cœur,
général ; celle -là aime, elle doit vouloir la
gloire, la renommée, la grandeur de son
amant ; elle comprendra.

— Mais comment, au milieu de la surveillance dont il est l'objet, et qui est d'autant plus rigide qu'elle est plus dissimulée,
comment comprenez-vous qu'on laisse pénétrer cette jeune fille jusqu'à lui ?

— Il a seize ans, général, et la surveillance de la police, si sévère qu'elle soit,
doit fermer les yeux sur certaines choses
à l'endroit d'un jeune homme de seize ans,
dont les passions vives et précoces, sont,
dit-on, celle d'un homme de vingt-cinq.
D'ailleurs, elle ne le voit qu'à Schœnbrunn,
où elle est introduite par un jardinier du
château, qui passe pour son oncle.

— Oui, que les deux enfants croient être

à leur dévotion, et qui, selon toute probabilité, est à la dévotion de la police.

— C'est probable, mais on n'aura besoin que de leur recommander le silence
le plus absolu.

— C'est l'objet du post-scriptum de ma
lettre.

— Et comme j'ai un moyen sûr de pénétrer jusqu'à lui, sans mettre personne
dans ma confidence...

— Vous êtes bien sûr de vous retrouver

même par une nuit noire, dans ces im—
menses jardins de Schœnbrunn ?

— J'ai habité Schœnbrunn en 1809 avec
l'empereur, puis, j'ai le plan qu'il m'a re—
mis lui-même à Sainte-Hélène.

— D'ailleurs, il faut bien donner quelque chose au hasard et à la Providence, à
Dieu, dit, comme un homme à peu près
décidé, le général ; mais enfin, pourquoi
n'est-il pas ici ?

— D'abord, général, rien ne vous dit
qu'il n'y soit pas ; il croit, pauvre enfant, sa
passion inconnue, et il ne veut pas la tra-

X   6

hir en allant dans la loge des archiducs, et en laissant voir ces émotions qu'un jeune cœur n'est pas maître de contenir. Ensuite comme je vous l'ai dit, il est peut-être dans la salle, mais caché ; enfin, comme il n'adore pas la musique, à ce qu'on assure, que d'ailleurs il veut sans doute donner à la belle Rosenha la preuve qu'il ne vient que pour elle : il est encore possible, plus que possible, probable même, qu'il laissera passer l'opéra, et ne viendra que pour le ballet.

— Ah ! ceci, Gaëtano, pourrait bien être comme on dit là-bas, la vérité vraie ; à moins,... à moins toutefois qu'il ne soit malade, trop malade pour venir.

— Vous en revenez encore à cette fatale idée ?

— J'en reviens aux idées terribles, mon cher Gaëtano ; il est d'une faible complexion, et il use de la vie, le malheureux enfant, comme ferait un homme robuste.

— On exagère peut-être la faiblesse de sa santé, comme on exagère ses excès ; que je le voie de près seulement, et je vous dirai ce que j'en pense. Il a seize ans, — ou il va les avoir dans un mois, comme je vous le disais tout à l'heure, — eh bien ! à cet âge, la sève monte, et il faut bien

que l'arbuste pousse ses premières
feuilles.

— Gaëtano, rappelez-vous ce que nous
disait avant-hier son médecin ; vous me
serviez d'interprète, . n'est-ce pas, vous
ne l'avez pas oublié ? Eh bien, n'avez-vous
pas été effrayé comme moi de ce qu'il nous
a raconté de sa puissance d'énergie et de sa
faiblesse de constitution ? C'est un grand
et frêle roseau, qui, au moindre vent, frémit
et courbe la tête ! Ah ! que ne puis-je l'em-
mener là-bas avec moi dans l'Inde, et le
faire durcir au soleil, comme ces bambous
du Gange qui défient tous les ouragans!

Au moment où le général disait ces

mots, le chef d'orchestre leva l'archet, et donna le signal de l'ouverture du *Don Juan* de Mozart, ce chef-d'œuvre de la musique allemande, que les deux amis écoutèrent sans sourciller, préoccupés qu'ils étaient par l'absence du personnage dont ils attendaient si impatiemment l'apparition.

Or, le personnage qu'ils attendaient — nous n'apprendrons rien au lecteur en lui disant que c'était cet illustre et malheureux enfant, qui avait reçu au berceau le titre de roi de Rome, et auquel, par une patente du 22 juillet 1818, l'empereur François II avait donné le titre de duc de Reichstadt, empruntant ce nom, devenu si profondément historique, à l'une des terres qui devaient former l'apanage autrichien de l'héritier de Napoléon.

C'était donc le duc de Reichstadt qu'attendaient si impatiemment le général indien et son ami ; et la jeune fille sur laquelle ils faisaient reposer toutes leurs espérances, c'était la célèbre Rosenha Engel, la belle danseuse, pour laquelle, comme nous l'avons vu au commencement du précédent chapitre, toute la ville ; de Vienne était en rumeur.

Don Juan achevé aux rares applaudissements de la foule, qui, malgré le respect qu'elle a pour les chefs-d'œuvre, sacrifie en général le passé au présent, il partit de toutes ses loges, silencieuses pendant l'opéra, mille bruits confus de causeries assez semblables au bourdonnement des abeilles ou au babillage des oiseaux se réveillant joyeusement et bruyamment, aux premières lueurs du matin.

L'entr'acte dura vingt minutes environ, et les deux étrangers employèrent ces vingt minutes à inspecter de nouveau toutes les loges les unes après les autres.

Mais le jeune prince n'était évidemment dans aucune de ces loges dont ils passaient l'inspection.

Le chef d'orchestre donna le signal de
l'ouverture du ballet et après quelques
phrases de prélude, la toile se leva de
nouveau.

Le théâtre représentait les faubourgs
verdoyants d'une ville indienne, avec ses
kiosques et ses pagodes, ses statues de
Brahma, de Siva, de Ganésa, de Lachme,
déesse de la bonté ; au fond, les rives d'or
du Gange, étincelant sous le bleu foncé du
ciel.

Un chœur de jeunes filles, vêtues des
pieds à la tête de longues robes blanche,
s'avança sur le devant du théâtre en chan-

tant un adorable pantoum dont le refrain
était :

Oum mani padmei, oum !
Heu ! gemma lotus, heu !

Hymme adressé au diamant nénuphar,
qui mène ceux qui le chantent, disent les
habitants du Thibet, en droite ligne au-
paradis de Boudha.

Les deux amis, en voyant le décor asiatique, en écoutant cette chanson indienne
que les pâtres chantent le soir en chœur,
en ramenant les troupeaux de chèvres et
de brebis, les deux amis reconnurent le
ballet qu'on allait représenter.

C'était une imitation, moitié poëme,

moitié pantomime, de la vieille 'pièce indienne du poète Calidasa, dont nous avons
eu vers le même temps une. traduction en
France, traduction connue sous le nom de
la Reconnaissance de Sacountala. Un jeune
poète viennois, en voyant passer le radieux
cortége du général indien, avait eu l'attention délicate de lui faire, à lui seul
poète, une réception royale, en lui rappe-
lant, de peur qu'il les regrettât, et les
chansons, et les costumes, et les danses,
et le ciel bleu de son beau pays.

Les deux amis furent touchés et confus
en même temps de la solennité dont ils
étaient en quelque sorte les héros. En effet,
au moment où le chœur, chantant la der-

nière strophe du pantoum, se tourna vers
eux, comme si cette dernière phrase leur
était adressée, tous les regards se tournè-
rent vers leurs loges, et, malgré la présence de la famille impériale et de tous ces
princes allemands, des applaudissements
éclatèrent, qui, après avoir oublié de saluer le pouvoir officiel, si respecté à cette
époque, à Vienne surtout, allèrent saluer
ce pouvoir poétique de la richesse et du
mystère, si entraînant partout et à toutes
les époques.

Tout à coup, le cercle du chœur s'écarta
et, comme un bouquet dans un vase d'al-
bâtre, on vit apparaître les chatoyantes
étoffes de satin et de brocart, de soie et

d'or d'une trentaine d'almées, et au centre, comme la fleur principale d'un bouquet, dépassant les autres fleurs de toute
la hauteur de la tête, en paraissant s'ouvrir aux regards des spectateurs, la reine
des almées, la divinité de la beauté et de
la grâce, la fleur incarnée en femme qu'on
appelait la signora Rosenha Engel.

Ce ne fut qu'un cri unanime, qu'un
hourra immense, qu'un applaudissement
universel, et, du fond des loges, de l'orchestre, du parterre même, s'élancèrent,
comme les fusées d'un feu d'artifice parfumé, mille bouquets qui, tombés tout autour des almées, jonchèrent bientôt le
parquet et firent de la scène un reposoir

de la Fête-Dieu, une sorte d'autel éclatant,
embaumé, dont les almées semblaient les
prêtresses, mais dont Rosenha Engel était
véritablement la divinité.

Quiconque a voyagé en Italie connaît les
applaudissements prolongés , les bravos
frénétiques, les cris passionnés de la foule
pour ses artistes bien-aimés ; eh bien !
nous n'hésitons point à affirmer que jamais
ni à Milan, ni à Venise, ni à Florence, ni à
Rome, ni même à Naples, ne furent pous-
sées acclamations pareilles, plus longues,
plus unanimes, plus méritées.

A partir de ce moment, spectacle et

spectateurs, archiducs, princes, princesses, courtisans, tout disparut. Il n'y eut plus de salle, il n'y eut plus de théâtre. Une colonie de deux mille personnes, vécut, pendant cinq heures, confondues sans distinction de rang ni de titre, dans les sites enchantés de l'Inde. Les deux heures qu'on avait passées à contempler la loge du général, avaient admirablement préparé toute cette foule à voyager avec lui, et pendant une heure, cette fraction aristocratique et intelligente de la population viennoise, enfermée dans le théâtre impérial, devint indienne et fut prête à se prosterner en adoration devant la déesse Rosenha, qui venait d'opérer cette métamorphose.

Le rideau tomba au milieu des applaudissements, et se releva au milieu des cris frénétiques de la foule, redemandant la signora Rosenha Engel.

La signora Rosenha Engel reparut.

Alors ce ne fut plus une pluie, ce fut une averse, un déluge, une avalanche de fleurs.

Des bouquets de toutes les formes, de toutes les grosseurs, nous dirons presque de tous les pays, car quelques-uns étaient le produit des plus riches serres de Vienne, tombèrent donc tout autour de la bénéficiaire en cascades parfumées.

Mais, chose étrange, au milieu de ces

merveilles de la flore universelle, la seule
offrande que la belle Rosenha Engel parut
remarquer, le seul bouquet qu'elle ramassa
de sa blanche main, fut un petit bouquet
de violettes au centre duquel s'épanouissait un bouton de rose blanc comme la
neige.

Ce bouquet était évidemment l'offrande
d'une âme timide, presque craintive.

Comme la violette, cette âme se cachait
à l'ombre, et elle envoyait son parfum sans
montrer ses corolles.

La violette représentait la timidité et la

discrétion : la rose blanche, la pureté et la pudeur.

Il y avait évidemment alliance de celui qui envoyait le bouquet, avec celle qui le recevait.

Ce fut du moins, selon toute probabilité, l'opinion de la belle Rosenha, car, ramassant avec précipitation ce bouquet, comme nous avons dit, elle le leva presque à la hauteur de ses lèvres, regarda la loge presque perdue au cintre, de laquelle il était tombé, et reporta sur les fleurs un regard d'amour.

Ne pouvant les dévorer des lèvres, elle semblait les embrasser des yeux.

7

Les deux amis avaient suivi attentivement les moindres détails de toute cette
scène ; leurs yeux, comme ceux de la danseuse, avaient monté jusqu'à la loge mys-
térieuse, et le général avait saisi le bras de
son ami, au moment où la signora Rosenha
Eugel avait presque embrassé le bouquet.

— Il est ici ! s'était écrié en français, et
oubliant qu'il pouvait être entendu, le général indien.

— Oui, là, dans cette loge, répondit
l'homme à l'habit noir en dialecte de Lahore, mais pour Dieu, général, parlons
indien.

— Vous avez raison, Gaëtano, dit le général dans la même langue.

Et passant sa main dans la poche de sa grande robe :

— Je crois, ajouta-t-il, que c'est le moment de jeter aussi notre nazzer à la belle Rosenha.

On appelle nazzer, dans l'Inde, l'offrande faite par un inférieur à un supérieur.

Le nazzer du général consistait en un sac

de musc, fait de la peau même de l'animal,
curiosité asiatique, rareté thibétaine qui
se trahissait à son parfum, et qui ramena
vers lui tous les yeux, tournés pendant un
instant sur cette loge d'où était parti le
bouquet de violettes.

Et en effet, le général, dénouant le bracelet de diamants qui était enroulé autour
de son poignet, en noua le sac de musc, et
lança le tout à la signora Engel, qui ne put
retenir un cri de surprise en voyant écla-
ter, comme un soleil, une rivière de diamants de la plus belle eau.

IV

Ce que contenait le nazzer du général indien.

La cérémonie faite, comme il est dit naï-
vement dans la légende de Malborough,
chacun s'en fut coucher, les uns avec leurs
femmes et les autres tout seuls.

Nous ne les suivrons ni les uns ni les

autres, mais profitant toujours de nos droits
et privléges d'auteur dramatique, nous
allons pénétrer hardiment dans les cou-
lisses, et tenter de voir, à travers les car-
reaux dépolis de sa loge, ce qui se passe
chez la signora Rosenha Engel.

D'abord, à la porte, attendaient une
foule de princes, d'électeurs, de mar-
graves, de banquiers, pareils à des courtisans faisant antichambre au petit coucher
d'une reine.

Il fallait le temps à la signora Rosenha
de quitter son costume d'almée, d'ôter

son rouge et son blanc, et de passer sa
robe de chambre.

Seulement, ce soir là, l'attente se pro-
longeait bien au-delà du temps ordinaire;
il en résultait que cette foule aristocratique, entassée à la porte d'un couloir
étroit, étouffait et commençait à murmu-
rer, plus poliment à l'extérieur, c'est vrai,
mais presque aussi impatiemment au fond,
que fait la foule populaire.

On entendit un pas qui s'approchait de
la porte, et la porte s'entr'ouvit, au milieu
d'un murmure de satisfaction.

Mais, par cette porte entr'ouverte, passa le museau futé d'une camériste française, laquelle dit, avec cette facilité d'élocution qui caractérise l'honorable classe des femmes de chambre françaises en général, et des femmes de chambre d'actrices en particulier :

— Messieurs, la signora Rosenha est désespérée de vous faire attendre, mais elle est souffrante et elle vous demande encore, si vous tenez absolument à rester, dix minutes de repos.

Ce fut, à cette nouvelle, un véritable hurroh dans la foule. Dix minutes dans cet étroit espace, privé d'air extérieur, c'était bien certainement une ou deux asphyxies pour les poumons délicats des diplomates, et autant de congestions cérébrales pour les cerveaux épais des banquiers.

On murmura.

— Ah ! dit la Marton, je crois que l'on murmure, là-bas ; messieurs, c'est à prendre ou à laisser, chacun est libre de rester, mais encore bien plus libre de partir.

— Charmante ! charmante ! dirent plusieurs voix, affectant l'accent français.

—Nous accordons les dix minutes, mais
pas une minute avec, dit un gros banquier,
habitué à ne pas donner de délai à ses
débiteurs.

—C'est bien, c'est bien, dit la Marton en
refermant la porte, la signora est préve-
nue, et si elle a besoin d'une minute, de
deux minutes, de dix minutes, elle ne vous
les demandera pas, elle les prendra.

— Il faut bien qu'on respire, que
diable !

Et le pène de la serrure grinça dans la
gâche.

Or, ce n'était ni le désir de repos, ni le besoin de respiration qui retardait l'entrée de la cour de Rosenha, la réception officielle de ses adorateurs; la jeune fille était habillée depuis longtemps; mais en regardant le bracelet de diamant qui entourait le sac de musc de l'Indien, en en trouvant le sac lui-même, elle avait aperçu une lettre et la valeur du sac précieux, jointe à l'originalité de l'envoi, avait donné à la jeune fille une vive curiosité de savoir ce que contenait la lettre.

Alors elle avait déplié le billet, l'avait lu, était restée pensive, l'avait relu, avait paru s'enfoncer dans une seconde rêverie plus profonde encore que la première.

Alors jetant un dernier regard sur la signature, elle replia la lettre, la remit dans
son envcloppe musquée et attacha le nazzer de l'Indien à sa ceinture

Puis, comme si elle voulait jouir à son
aise d'une douce émotion dont dût la dis-
traire la présence de tous ces importuns,
elle fit dire à ses adorateurs, par l'organe
de mademoiselle Mirza, qu'elle demandait encore dix minutes pour se reposer et
respirer.

Puis, ces dix minutes écoulées, elle ap-
pela sa carmérière et lui ordonna d'ouvrir
la porte.

Elle sourit et leva les épaules de pitié en entendant rugir ses flatteurs à l'approche de la femme de chambre, comme à l'approche du belluaire rugissaient les animaux du cirque.

Ils se précipitèrent à travers les portes de la loge entr'ouverte, comme font les flots pressés à travers une écluse.

Puis la procession commença, chacun défila devant la danseuse couchée nonchalamment sur son canapé, et lui baisa la main.

Nous tiendrons nos lecteurs, et surtout

nos lectrices, quittes des fades compli-
ments qui vinrent échouer aux pieds de la
belle Rosenha. A la forme près, le fond de
chacun était le même : vous êtes belle
comme les amours, et vous avez dansé
comme un ange.

La danseuse les écoutait à peu près
comme les divinités auxquelles nous nous
adressons écoutent nos prières.

Comme elles, son esprit planait dans les
hautes régions, et elle n'entendait le bourdonnement de toutes ces voix que vaguement, sans le comprendre et sans y ré-

pondre, absolument comme la rose entend le bourdonnement des abeilles.

Il est cependant bon de dire, en conteur consciencieux, que sous les douces fleurs de rhétorique de ces discours qu'on lui adressait et qu'elle n'écoutait pas, se cachait le serpent de la jalousie, lequel de temps en temps dressait du milieu des fleurs effeuillées aux pieds de la danseuse, sa tête plate et sifflante.

Chose étrange, ce n'était pas ce précieux nazzer échappé, aux yeux de tous, des mains de l'Indien, ce n'était pas ce bracelet de diamants enroulé au poignet de la jeune fille, et qui semblait s'épuiser en jets de flamme, ce n'était pas ce sac parfumé sous sa broderie d'or, pendu à la ceinture de la belle Mirza comme une escarcelle, ce n'était pas toute cette richesse visible qui mordait au cœur les adorateurs de la danseuse.

Non, c'était ce bouquet de violettes que l'on cherchait inutilement parmi les autres bouquets étalés sur le canapé, sur les fauteuils et les consoles ; ce bouquet de violettes, dont le parfum suave combattait l'odeur pénétrante du musc, et qui était tombé d'une main invisible. Non, c'était le regard que Rose–des–Anges, — si nous nous permettons de donner en français

l'équivalent du nom allemand de la danseuse, — c'était le regard que Rose-des-
Anges avait jeté vers la loge d'où il était
parti. C'était la façon preste, mignonne et
joyeuse dont elle l'avait ramassé, pour
l'élever ensuite à la hauteur de ses lèvres.
C'étaient ces détails, futiles en apparence,
qui cependant avaient été vus, observés,
commentés de mille façons différentes, du
résumé desquelles il résultait que cette réputation de vertu, qui était le plus beau
fleuron de la couronne de la jeune fille, venait de recevoir, dans cette soirée, un premier, mais vigoureux échec.

Aussi après avoir demandé la permission d'admirer le bracelet de diamants en-

roulé autour du bras de la danseuse, après
s'être réc rié sur la richesse de cette peau
de rat musqué, qui, de son vivant, était
loin de se douter qu'elle serait brodée de
perles et d'or après son trépas, le marquis
de Himmel, un des plus assidus sigisbés de
la belle Rosenha, se hasarda-t-il à lui demander si elle n'avait aucune idée du personnage mystérieux qui lui avait jeté le
bouquet.

Alors, tout bas, presqu'à part:

— Marquis, avait dit Rosenha, c'est mon
confesseur.

— Comment, votre confesseur?

— Pas l'ancien, le nouveau.

— Je ne comprends pas.

— C'est pourtant bien simple, et plus simple même pour vous que pour aucun autre ; c'est vous qui avez divulgé ma ré-solution de me retirer dans un couvent. Or, mon engagement étant fini ce soir, mon noviciat commençant demain, vous ne pouvez pas trouver mauvais que mon nou-veau directeur ait été curieux de faire le plus tôt possible connaissance avec sa no-vice.

Le vieux comte d'Aspern, qui n'avait pas

entendu la réponse de Rosenha, lui avait
fait la même question, et celle-ci lui avait
dit à mi-voix :

— Comte, je puis vous dire la vérité, à
vous, puisque c'est vous qui répandez le
bruit que je vais me marier ; et, soit dit en
passant, je ne sais pourquoi vous me des-
servez à ce point, quand j'ai plus de faiblesse pour vous que pour aucun de ces
messieurs ici présents. Eh bien, comte,
c'est le bouquet de mon fiancé, la rose
blanche est le symbole de ma vertu, et a
violette celui de sa discrétion.

Respirez les violettes, comte, et tâchez
d'en garder le parfum.

Enfin, un attaché d'ambassade russe, le jeune comte de Gersthoff, ayant demandé à son tour le secret du bouquet, Rosenha l'avait regardé en face, en lui disant tout haut :

— Ah! ça comte, est-ce bien sérieusement que vous me faites cette question?

— Mais, sans doute, avait répondu le comte.

— C'est me dire que vous voulez mettre

ces messieurs dans le secret de nos petits arrangements particuliers.

— Je ne vous comprends pas, avait répondu le dandy moscovite.

— Messieurs, voilà le fait : Vous savez qu'on m'a fait des propositions pour le théâtre impérial de Pétersbourg?

Les uns répondirent que oui, les autres répondirent que non.

— Eh bien ! c'est M. le comte qui a été

chargé de me transmettre ces propositions, et qui, pour me déterminer à accepter un engagement, au reste des plus avan-
tageux, y a ajouté l'offre de son cœur, en
me-disant, comme je n'étais encore décidée à accepter ni l'un ni l'autre :

— Si vous acceptez, belle Rósenha Engel, le plus modeste des bouquets qui vous
seront jetés ce soir, vous ferez de moi le plus
heureux des hommes, car ce sera la preuve
que vous venez à Pétersbourg et que vous
me permettez de vous y accompagner. Or,
décidée, sinon à profiter des deux offres,
mais au moins d'une, je laisse à la modestie
de M. le comte de deviner laquelle. J'ai ramassé le bouquet de violettes, le tenant

pour le plus modeste des bouquets qui m'avaient été jetés.

— Ainsi, vous partez pour Pétersbourg? s'écrièrent plusieurs voix.

— Si je ne pars pas pour l'Inde, où me demande Rundjeet-Sing pour son théâtre royal de Lahore, comme vous pouvez le voir, messieurs, par les arrhes magnifiques que m'a envoyées ce soir son ambassadeur.

— De sorte que votre engagement ?... demanda le marquis de Himmel.

— Est là, dit Rosenha, dans cette peau
de rat musqué. Je ne vous le montre point
parce qu'il est en indou. Mais demain je le
ferai traduire , et s'il est tel que j'ai lieu
de l'espérer, je donne rendez-vous à ceux
de mes adorateurs qui ne craindraient pas
de se déplacer pour moi, sur les bords du
Sind ou du Penjab.

— Or, continua la belle Rosenha en se
levant, comme il y a huit cents lieues d'ici
à Pétersbourg, quatre mille lieues d'ici à
Lahore, et que de quelque côté que se fixe
mon choix je n'ai pas de temps à perdre,
permettez, messieurs, que je prenne congé de vous, en vous faisant cette pro-
messe , bien sincère , de ne jamais ou-

blier les bontés dont vous m'avez com-
blée.

Et la danseuse, avec un sourire charmant, avec une révérence d'une irrépro-
chable exactitude chorégraphique, prit
congé de l'illustre et galante assemblée,
qui voulant jouir de sa présence jusqu'au
dernier instant, l'accompagna jusque sur
la place du théâtre, où l'attendait sa voiture.

Elle y sauta avec la légèreté d'une mé-
sange qui rentre dans sa cage, et au moment où le cocher rendit les rênes aux
chevaux impatients, tous les chapeaux, en

signe d'adieu, s'enlevèrent d'un coup et en même temps, comme si une trombe eût passé par là.

Laissons la voiture de la jeune fille s'enfoncer dans Augustinergass, Kruger Strass, et s'arrêter dans Seilerstadt, où était situé son hôtel.

V

Histoire d'un enfant.

Le spectateur qui, sortant du théâtre impérial, l'imagination enflammée par le spectacle féerique qu'il avait eu pendant une heure sous les yeux, eût craint de rentrer chez lui de peur de retrouver à la vue

des objets connus le sentiment de la vie
réelle qu'il avait pour un instant oublié, ce
spectateur-là, pour continuer à travers la
nature vaporeuse et poétique de la haute
Allemagne le conte des *Mille et une Nuits*
commencé au théâtre, n'eut pas manqué,
au lieu de reprendre le chemin de sa maison, de traverser la place de la Parade, et,
s'engageant dans le faubourg de Mariahulf,
d'enjamber, au clair de la lune, la grande
route qui conduit au château de Schœnbrunn, afin de contempler, tout à son aise
une fois placé sur un des sommets qui dominent le château, le merveilleux panorama qui se fût déroulé devant lui.

Mais peut-être, cependant, avant d'ar-

river au village de Meidling, se fût-il arrêté en voyant, à une des fenêtres de l'aile
gauche du château de Schœnbrunn, les deux
coudes appuyés au balcon de la fenêtre, la
figure éclairée par la lune aussi pâle que
lui, un jeune homme, ou plutôt un enfant
de seize ans, qui semblait lui-même en
contemplation devant ce splendide spectacle que notre spectateur fût venu chercher.

En effet, de la fenêtre où il était placé il
pouvait voir à travers l'atmosphère trans-
parente de cette nuit lumineuse comme
une nuit de printemps, devant lui et au-
dessous de lui, Vienne, avec tous ses édi-
fices, ses clochers, ses hautes tours, que

domine la flèche élégante et gigantesque
de sa magnifique basilique, et comme contraste, la ville encore éclairée au-dedans
par les derniers feux, mais ombréé vigou-
reusement au-dehors par sa vaste enceinte
et ses noirs remparts.

Puis au-delà de la ville, le géant Danube, qui, après avoir pris sous un de ses
bras l'île de Lobau, continue sa route, et
va se perdre à l'horizon dans les plaines
célèbres d'Aspern, d'Essling et de Wagram.

Du côté opposé, il eût pu voir encore,
comme contraste au tableau, l'immense
prairie entourée de collines d'où s'échap-

paient les eaux abondantes, tombant en cascades dans des lacs transparents, et et dont de hauts arbres séculaires semblaient défendre l'approche comme des sentinelles vigilantes ; enfin, en regardant plus attentivement encore, il eût sans doute aperçu, à travers les brumes vaporeuses de cette nuit, l'horizon des collines couvertes de forêts qui vont, en bondissant, comme un troupeau de buffles effarouchés, gravir jusqu'aux cimes les plus élevées des dernières Alpes.

Mais ce n'était ni le spectacle de Vienne, à moitié endormie dans son opposition de lumières et d'ombres, ni les lacs murmurants, ni les cascades bondissantes, ni les

X 9

horizons brumeux, ni les montagnes sombres, que cet enfant regardait.

Non, ses yeux fixés au-dessous de lui plongeaient sur la route qui va de Schœnbrunn à Vienne, et les oreilles tendues, sans paraître faire attention aux brises glacées d'une froide nuit de février, il écoutait attentivement les moindres bruits venant du côté de la ville ; et plus d'une fois le craquement d'une branche d'arbre, le grincement d'une girouette, ou le grondement des dernières portes du château, que l'on fermait, le firent tressaillir.

Au reste, le spectateur placé au-dessous

de lui et le regardant, vêtu de son habit
blanc de colonel autrichien, avec ses longs
cheveux blonds bouclés et flottant au vent,
eût été frappé de la beauté mélancolique
de ce jeune homme, qui, dans cette attitude pensive, semblait ou un amoureux
attendant l'heure de son premier rendez-
vous, ou un jeune poète demandant au silence et à la nuit l'inspiration de ses premiers vers.

Disons tout de suite que le jeune homme
aux cheveux blonds, au visage mélancolique, à l'habit blanc, était celui-là même
qu'avaient, quoiqu'il assistât à la représentation, tant et si inutilement cherché les
deux Indiens, pendant cette longue soirée

qu'ils venaient de passer au théâtre impérial.

Dès-lors, on se doute bien que ce n'est
point un poète cherchant dans les étoiles
le secret de la création qu'on a devant les
yeux, mais tout simplement un amoureux
qui suit de son regard mobile la partie de
la route éclairée par la lune, qui va de
Schœnbrunn à Seilerstadt, comme un ruban de satin blanc destiné à guider jusqu'à
lui les pas de la belle danseuse.

Pendant un moment, soit fatigue de la
même posture, soit qu'il crût entendre un
bruit lointain, il se redressa, et alors ap-

parut dans toute sa taille : sa taille, en effet, était trop haute pour sa corpulence, et, mince et flexible comme celle d'un peuplier, elle motivait suffisamment les inquiétudes qu'avait exprimées sur sa santé le général-indien.

Maintenant, nos lecteurs désirent-ils connaître sur cet enfant, debout à la fenêtre, certains détails ignorés, que notre fidélité d'historien nous a forcé de recueillir, et qui peut-être ne seront point déplacés ici? Nous allons lui donner ces détails en quelques mots.

Une strophe de notre grand poète Victor

Hugo nous en dira d'abord plus que vingt pages de M. de Montbel, sur les commencements de cette vie si courte, qu'elle appartient bien plus à la poésie qu'à l'histoire.

Un soir l'aigle planait aux voûtes éternelles,
Lorsqu'un grand coup de vent lui cassa les deux ailes.
Sa chute fit dans l'air un foudroyant sillon.
Tous alors sur son nid fondirent pleins de joie,
Chacun selon ses dents se partagea sa proie,
L'Angleterre prit l'aigle et l'Autriche l'aiglon.

L'aiglon fut mis en cage dans le château impérial de Schœnbrunn, situé, comme nous croyons l'avoir dit déjà, sur les bords de la Vienne, à une lieue et demie à peu près de la capitale de l'Autriche.

Là, il grandit avec le splendide spectacle que nous avons décrit sous les yeux. Il grandit sous l'ombrage de ce magnifique jardin, qui conduit au pavillon de la Gloriette, et dont les bassins, les marbres, les serres eussent pu lui rappeler le parc de Versailles, tandis que les sangliers, les biches, les daims, les cerfs et les chevreuils, se croisant en tous sens, eussent pu lui donner une idée de ceux de Saint-Cloud et de Fontainebleau.

Il grandit, voyant rayonner au soleil les charmants villages de Meidling, de Grunberg et d'Hietsing, pareils à des groupes de maisons de campagne semées autour du palais; il balbutia avec effort ces noms inconnus, et finit par les apprendre, au fur et à mesure qu'il oublia ceux de Meudon, de Sèvres et de Bellevue.

Et cependant il avait, le pauvre enfant exilé, de profonds et lumineux souvenirs passant devant lui comme des éclairs.

Il se souvenait par exemple que, tout enfant, son nom était Napoléon, son titre le roi de Rome.

Mais, à partir du 22 juillet 1818, son nom fut Frantz, son titre le duc de Reischtadt.

Pourquoi m'appelle-t-on Frantz? demanda un jour l'enfant à son grand-père
l'empereur d'Autriche, qui le faisait sauter
sur ses genoux. Je croyais qu'on m'appelait Napoléon.

La demande était précise, la réponse
embarrassante.

L'empereur réfléchit un instant, puis :

— On ne vous appelle plus Napoléon,
dit-il, par la même raison qu'on ne vous
appelle plus le roi de Rome.

L'enfant, à son tour, parut réfléchir un

moment; mais sans doute la réponse ne lui parut point satisfaisante, car à son tour il répliqua :

— Mais alors, grand-papa, pourquoi ne m'appelle-t-on plus le roi de Rome?

L'aïeul fut encore plus embarrassé à cette seconde question qu'à la première. Sans doute, songea-t-il à l'esquiver comme il avait fait de l'autre; mais, réfléchissant qu'il valait mieux frapper son petit-fils d'un grand raisonnement, afin qu'il ne revînt plus sur ce sujet :

— Vous savez, mon enfant, qu'à mon

titre d'empereur d'Autriche est joint celui
de roi de Jérusalem, sans que j'aie aucune
autorité sur cette ville, qui est au pouvoir
des Turcs.

— Oui, fit l'enfant, suivant avec toute
l'attention dont il était capable le raisonnement de François II.

— Eh bien, reprit l'empereur, vous êtes
roi de Rome, mon cher Frantz, absolument
comme je suis roi de Jérusalem.

Soit que l'enfant ne comprît pas tout à
fait l'explication, soit qu'il la comprît trop,

il baissa la tête, garda le silence, et ne re-
vint jamais sur ce sujet.

Au reste, tout enfant, par qui, Dieu le
sait! par l'intuition, par l'ange de ses premières années peut-être, qui causait avec
lui dans le silence des nuits, il avait quelque réminiscence de la gloire et des mal-
heurs de son père.

Un jour, le fameux prince de Ligne, un
des plus braves et des plus spirituels gen-
tilshommes du dix-huitième siècle, vint
faire une visite à l'impératrice Marie-
Louise, alors près de son fils au château de
Schœnbrunn.

On l'annonça devant l'enfant sous le titre de :

— M. le maréchal prince de Ligne.

— C'est un maréchal? demanda l'enfant à madame de Montesquiou, sa gouvernante.

— Oui, monseigneur.

— Est-ce un de ceux qui ont trahi mon père?

On lui dit que non, et qu'au contraire le prince était un brave et loyal soldat.

Aussi prit-il en grande amitié le vieux maréchal.

Un jour, il lui racontait — l'enfant, bien entendu — combien il avait été frappé de la pompe militaire qui avait escorté le convoi du général Delmotte, et le plaisir qu'il avait éprouvé à voir défiler tant de belles troupes.

— En ce cas, monseigneur, lui répondit

le prince, je vous donnerai bientôt une
bien plus grande satisfaction, car l'enter-
rement d'un feld-maréchal est dans ce
genre tout ce que l'on peut voir de plus
magnifique.

Et, en effet, le prince tint sa parole.
Cinq ou six mois après, il donna à l'enfant
impérial le spectacle splendide de dix mille
hommes de troupes avec tous leurs équipages de guerre, escortant le cercueil d'un
feld-maréchal.

Vers la même époque, la princesse Ca-
roline de Furstemberg, avec quelques au-

tres personnes, s'entretenait en présence
du jeune duc de Reichstadt des événements et des réputations du siècle. On avait
oublié qu'il était là, ou peut-être croyait-on
pouvoir tout dire devant un enfant de six
ans.

Le général Sommariva nomma alors trois
illustres personnages, qu'il cita comme les
plus grands capitaines du temps.

Tout à coup l'enfant, qui avait écouté
l'énumération pensif et la tête baissée, releva le front, et, interrompant le général :

— J'en connais un quatrième, que vous

n'avez pas nommé, monsieur le général, dit-il.

— Lequel, monseigneur ? demanda le général étonné.

— Mon père, s'écria l'enfant avec force.

Et il s'enfuit rapidement.

Le général Sommariva courut après lui, le rejoignit et le ramena.

— Vous avez eu raison, monseigneur,

X   10

de parler comme vous avez fait de votre père, mais vous avez eu tort de vous enfuir.

Malgré le titre de duc de Reichstadt qui lui était imposé, malgré la comparaison ingénieuse sur cette royauté de Jérusalem et de Rome que lui avait faite son aïeul, l'enfant n'avait point oublié les splendeurs de son berceau.

Un jour, dans une réunion de la famille impériale, un des archiducs lui montra une de ces petites médailles d'or qu'on avait frappées à l'occasion de sa naissance, et qui furent distribuées au peuple après a cérémonie de son baptême.

Son buste y était représenté.

— Sais-tu qui représente cette médaille, Reischtadt ? demanda l'archiduc.

— Moi, répondit sans hésiter l'enfant, du temps où j'étais roi de Rome.

A l'âge de cinq ans, âge auquel commence l'éducation des princes de la maison d'Autriche, commença l'éducation du fils de Napoléon. Le comte Maurice Dietrischtein en avait la direction supérieure ; et, sous lui, le capitaine Foresti pour les

choses de guerre, et le poète Collin, frère
de Henri Collin, auteur des tragédies de
Régulus et de *Coriolan*, auteur lui-même
d'une tragédie du *comte d'Essex*, en sui-
vaient les détails.

A cinq ans, le jeune duc parlait français
comme un parisien, et cela, avec l'accent
particulier aux habitants de la capitale.

On songea à lui apprendre l'allemand.

. La lutte fut longue, et l'acharnement
qu'il opposa à l'étude de cette langue est
encore aujourd'hui proverbial en Autriche. On avait beau lui démontrer, par tous
les raisonnements imaginables, l'intérêt

qu'il avait à parler la langue d'un pays devenu désormais sa patrie, l'enfant résistait de toutes ses forces, et s'obstinait à ne parler que français ou italien.

Il fallut, pour vaincre cette obstination, promettre à l'enfant que l'allemand ne serait jamais pour lui qu'une langue de luxe, et qu'il continuerait à parler le français.

Son caractère, déjà assez tranché à cette époque, était un mélange de bonté et de fierté, de fermeté et de raison.

Opiniâtre par nature, il commençait, à

toute idée qui ne lui était point familière,
par opposer une vive résistance, dont il ne
se départait que par le raisonnement.

Bon naturellement pour ses inférieurs,
tendre pour ses maîtres, sa bonté et sa
tendresse étaient intérieures; il fallait les
deviner, cachées au fond de son cœur, les
aller chercher comme le plongeur va chercher la perle.

Il avait l'amour du vrai absolu poussé
jusqu'au fanatisme, mais il détestait les
contes et les fables.

— Puisque cela n'est pas arrivé, disait-
il, cela n'est bon à rien.

Ce n'était point l'avis de son professeur Collin, qui, en sa qualité de poète, vivait au contraire dans le monde des rêves.

Aussi, essaya-t-il de surmonter cette répugnance de l'enfant à n'accepter pour vrai que ce qui l'était absolument.

Il crut avoir trouvé un moyen. Il partit avec le jeune prince, avec le projet arrêté de faire une longue promenade, et tous deux arrivèrent sur les montagnes verdoyantes qui dominent Schœnbrunn.

Arrivés là, ils firent une halte d'un ins-

tant, et s'enfoncèrent, en reprenant leur
course, au fond d'une vallée étroite et om-
breuse, où se trouve une enceinte qui, sé-
parée entièrement par des arbres touffus
de la vue de Vienne et des vastes plaines
du Danube, n'a plus pour horizon que les
montagnes qui vont en s'élevant de gradins
en gradins, comme un amphithéâtre gigantesque, jusqu'aux cimes du Schnee-
berg.

En cet endroit s'élevait une chaumière
solitaire, isolée, construite en harmonie
avec les montagnes qui l'entourent, dans
la forme d'un châlet tyrolien, et qu'à cause
de cette ressemblance on nomme Tyroler-
Haus.

Ce fut là, dans cet endroit qui est séparé du reste du monde par des montagnes, des ravins et des forêts, ce fut là qu'après avoir fait comprendre à son élève les beautés de ce site pittoresque, et avoir essayé de lui montrer la grandeur de la nature sauvage et solitaire, il lui raconta tout à coup, sans la lui donner pour vraie ni fausse, la merveilleuse histoire de Robinson Crusoé, laquelle frappa si profondément l'esprit de l'enfant, ou plutôt réveilla si complètement son imagination encore endormie, qu'il se crut un instant dans un désert, et qu'il proposa de lui-même à son professeur d'essayer de fabriquer les instruments nécessaires aux premiers besoins de la vie, et que, ces instruments fabriqués tant bien que mal, ils creusèrent ensemble, en moins

de quinze jours, sur le modèle de celle
du naufragé anglais, une grotte que l'on
montre encore aujourd'hui aux voyageurs
comme l'ouvrage du fils de Napoléon, et
qu'on ne désigne que sous le nom de la
Grotte de Robinson Crusoé.

A l'âge de huit ans, le prince dut com-
mencer l'étude des langues anciennes ; ce
fut l'épreuve la plus difficile qu'eut à supporter son professeur Collin, l'enfant ma-
nifestant le plus profond dégoût pour le
grec et le latin ; toute son intelligence se
portait instinctivement vers les seules
sciences relatives à l'art militaire.

En 1824, cependant, cette répugnance

était vaincue. Collin mourut, et M. le baron d'Obenhaus, son successeur, mit entre les mains du jeune homme Tacite et Horace.

Mais ayant entendu comparer son père à César, le jeune duc abandonna complètement la lecture de l'historien et du poète pour celle du capitaine, et les *Commentaires de César* devinrent sa lecture favorite.

Tout cela c'était de l'histoire ancienne, et la difficulté était de faire aborder à un pareil élève l'histoire moderne, c'est-à-dire l'étude de ce qui avait précédé, engendré et suivi la Révolution.

Ce soin fut confié à M. de Metternich.

Ce que l'habile diplomate raconta à son élève, ce qu'il mit en lumière, ce qu'il laissa dans l'ombre de cette prodigieuse histoire, est un mystère pour nous. On n'osa point tout lui cacher, mais on ne put tout lui dire; il vit et toucha tout ce qui était trop proche de lui pour être dérobé à ses regards; mais il n'entrevit, du reste, que de vagues horizons, et son regard ne plongea dans certaines profondeurs que comme l'œil plonge dans un précipice, à la lueur d'un éclair.

Mais cette tenacité d'esprit du duc de Reichstadt, qui le ramenait toujours vers

un même but; cette adoration religieuse
qu'il avait vouée à la mémoire de son père,
tout cela, si habile que fût l'instituteur politique, hérissait de difficultés la tâche que
s'était imposée M. de Metternich.

Aussi, dès les premiers rapports qui
avaient été faits à la cour sur cette passion
naissante du jeune duc pour la belle Rosenha Engel, l'ordre avait-il été donné de
fermer complètement les yeux sur cette
petite fantaisie du jeune homme, laquelle
pouvait donner quelque distraction à cet
esprit qui n'avait de désirs et d'appétences
qu'aux choses que pour son bonheur il
eût dû ignorer.

Seulement, ce que l'on avait cru devoir
se borner à une fantaisie avait pris les
proportions que prenait chaque chose à
laquelle s'arrêtait cet esprit ardent et vo-
lontaire. La fantaisie était devenue une
passion.

Ce qui faisait qu'à une heure du matin,
par une froide nuit de février, le jeune
prince attendait la belle danseuse, non pas
dans la chaude atmosphère de sa chambre
à coucher, derrière les épais rideaux de
brocard, à la vitre tiède de la fenêtre, mais
en dehors, accoudé sur le balcon, nu tête
et en toussant si profondément et si dou-
loureusement que parfois, sous la secousse
de cette toux, tout le corps faible et élancé

du jeune homme s'ébranlait comme un peuplier que secoue le bras vigoureux d'un bûcheron.

Hélas ! le bûcheron qui commençait à secouer le jeune arbre impérial, c'était la mort, qui, cinq ans plus tard, devait l'abattre si loin du grand et robuste chêne qui avait couvert le monde de son ombre.

Voilà pourquoi, la main sur la poitrine, le pauvre condamné du destin s'était redressé un instant de toute la hauteur de sa taille.

Puis peut-être aussi ce mouvement était-il

produit chez lui par un bruit sourd comme
un grondement de tonnerre lointain, qui
semblait venir se rapprochant de Vienne
à Schœnbrunn, et qui, pour les imagina-
tions calmes, n'était autre chose que le
bruit d'une voiture.

Bientôt il n'y eût plus de doutes, car au
roulement qui allait se rapprochant toujours, se joignit la double flamme de deux
lanternes qui semblaient voler sur la route
plus rapides que ces feux follets qui cou-
rent à la surface des étangs.

Frappé à la fois par deux de ses sens,
l'ouïe et la vue, et peut-être encore mieux

prévenu par ces pressentiments qui fré-
missent dans les jeunes cœurs, le prince
ne parut plus conserver aucun doute, et,
sautant comme un écolier, battant des
mains comme un enfant, il s'écria plusieurs
fois, comme s'il eut confié son bonheur à
quelqu'un et dans cette langue française,
la seule chose qu'il eût gardée de la
France :

— C'est elle, Dieu béni ! C'est elle !

VI

Juliette chez Roméo.

Un instant on eût pu croire que l'attente du jeune homme était trompée, et que la voiture ne s'arrêtait pas au château.

En effet, arrivant rapidement par la route de Hetsing, elle côtoya les communs et disparut du côté de Meidling.

Mais sans doute le prince ne fut pas dupe de cette indifférence affectée, car, refermant rapidement la fenêtre qui donnait sur la route, il traversa son salon et sa chambre à coucher, qui avait été celle de l'empereur son père en 1809, et alla coller son front, qui avait passé de la plus extrême pâleur à la rougeur la plus vive, à la vitre d'un petit boudoir donnant sur les jardins.

Il y était depuis dix minutes à peu près, lorsque la porte du jardin privé de l'empereur s'ouvrit, et qu'il vit au clair de la lune deux personnes s'approcher du palais et disparaître sous la voûte où s'ouvre l'escalier de service.

Sans doute ces deux personnes, quoiqu'elles fussent vêtues d'habits appartenant aux classes inférieures de la société, étaient celles que le prince attendaient ; car cette fois, comme il avait déjà fait à l'arrivée de la voiture, en quittant la fenêtre du salon pour celle du boudoir, il quitta la fenêtre du boudoir pour courir à la porte de l'escalier.

Arrivé là, il colla son oreille à la porte et écouta attentivement.

Quelques secondes se passèrent, pendant lesquelles il demeura dans l'immo-

bilité la plus complète, pareil à la statue
de l'Attente, puis şa figure s'anima d'un
charmant sourire, il entendait le bruit
d'un pas légeȓ qui montait l'escalier, et
sans doute il reconnut si bien ce pas, qu'il
n'attendit point qu'il eût atteint les dernières marches, et qu'ouvrant vivement la
porte, il étendit, en criant: Rosenha! chère
Rosenha ! deux bras dans lesquels vint se
jeter une femme vêtue du costume pittoresque des jeunes filles du Tyrol.

Malgré son changement de costume,
c'était bien la jolie bénéficiaire que nous
avons vue apparaître, semblable à une
péri, sur la scène du Théâtre impérial de
Vienne, que de la scène nous avons suivie

dans sa loge, et que de sa loge nous avons vue, au milieu de ses courtisans, reprendre au grand trot de ses chevaux le chemin de Seilerstadt, où était situé son hôtel.

Mais ce n'était point pour se reposer des fatigues de la soirée que la belle danseuse était rentrée chez elle ; car, à peine arrivée dans son cabinet de toilette, comme si la foule qui venait de l'applaudir au théâtre l'attendait encore, et que, pressée par un changement, elle craignît de manquer son entrée, la belle Rosenha avait lestement jeté bas sa robe de chambre de cachemire, et, avec l'aide de sa camérière, non moins lestement revêtu un adorable costume de paysanne tyrolienne, après quoi, tout en causant, elle avait franchi les deux chambres qui la séparaient de l'escalier de service, prenant ce chemin, dans la crainte, si elle sortait par la place, d'être aperçue par quelques-uns de ses amoureux, qui, plus persistants que les autres, se seraient établis de planton devant son hôtel, et qui, la voyant sortir à une pareille heure, n'auraient pas manqué de la suivre pour savoir où elle allait.

Disons que sa crainte était fondée, et que deux ou trois voitures stationnaient sous les fenêtres de son hôtel.

Mais, soucieuse du bonheur de ses courtisans, Rosenha avait poussé la précaution jusqu'à éclairer sa chambre à coucher, dont les fenêtres donnaient sur la rue, de sorte que les plus gelés, grâce à cette puissance d'imagination qui n'appartient qu'aux amoureux, pouvaient oublier le froid en se réchauffant aux rayons qui perçaient à travers les vitraux, dans les interstices des draperies mal fermées.

Au bas de l'escalier de service, à quelques pas d'une porte de derrière ouvrant sur une petite ruelle, la voiture de Rosenha, que le cocher avait reçu l'ordre de ne pas dételer, l'attendait.

Elle y sauta légèrement, et le cocher,

qui avait ses instructions, partit au grand
trot de ses chevaux.

Dans la voiture, était toute préparée une
pelisse garnie de fourrures dans laquelle
la mignonne jeune fille se pelotonna
comme un oiseau dans la ouate de son
nid.

Nous savons comment cette voiture
tant attendue était arrivée en vue du château de Schœnbrunn, et comment, sans
s'arrêter, elle avait tourné du côté de
Meidling.

A cent pas d'une petite maison habitée

par le jardinier en chef du palais, elle
s'était arrêtée ; mais, si rapidement qu'elle
eût passé, la porte de cette maison s'était
ouverte au bruit de ses roues, et une tête
avait passé par l'entre-bâillement de cette
porte.

Hâtons-nous de dire que cette tête n'était
point, comme on eût pu le craindre, celle
d'un espion épiant les deux jeunes gens
pour les dénoncer, mais celle d'un serviteur attendant les deux amants pour les
servir dans leurs amours.

La jeune fille sauta rapidement de la
voiture sur la route, franchit, légère et

silencieuse comme un oiseau nocturne
l'espace qui la séparait de la maison, et s'y
élança par la porte qui, au fur et à mesure
qu'elle s'en approchait, s'ouvrait comme
par un ressort, et qui, comme par un ressort, se referma derrière elle aussitôt
qu'elle en eut franchi le seuil.

— Et vite, et vite, mon cher Hans, dit-
elle en allemand à celui qui l'attendait ; j'ai
été retardée, il est plus tard que de cou-
tume, le prince doit s'impatienter, dépêchons ! dépêchons !

Et elle jetait bas sa pelisse et poussait
par le bras le gros Autrichien, qui ne com-

prenait rien à cette furie moitié française,
moitié espagnole.

— Oh ! mais mademoiselle , prenez
garde, dit-il, vous aller avoir froid.

— D'abord , mon cher Hans, rappelez-
vous ceci : c'est que je ne suis pas *mademoiselle*, je suis *votre nièce*, ce qui vous ex-
pliquera que je ne puis garder à votre bras
une pelisse de renard bleu. Ensuite, je
suis danseuse et non chanteuse, peu m'importe donc de m'enrhumer, mais ce qui
m'importe énormément, c'est de ne point
faire attendre le prince, qui pourrait bien
s'enrhumer, lui. Prenez donc les clés de

toutes vos portes, de toutes vos grilles, de toutes vos orangeries, et venez, mon cher oncle.

Hans se mit à rire d'un gros rire, prit ses clés et marcha devant.

Rosenha, appuyée au bras de *son oncle*, traversa donc rapidement le jardin anglais de l'empereur et entra dans le parc.

C'est à ce moment qu'après l'avoir perdue de vue un instant, le jeune duc l'avait retrouvée et avait couru de la fenêtre du salon à la porte de l'escalier.

En sa qualité de jardinier en chef, maître Hans avait, non-seulement dans les parcs dont les clés lui étaient confiées, mais dans le palais, ses grandes entrées. Jamais sentinelle n'aurait eu l'idée de croiser la baïonnette devant maître Hans, et une fois à son bras, sa nièce jouissait naturellement des priviléges accordés à l'oncle.

Voilà comment la belle Rosenha Engel était arrivée jusqu'à l'appartement du duc, où elle était si impatiemment attendue, et dans lequel l'entraînèrent rapidement les

bras qui s'étaient ouverts à son approche,
laissant à Hans, qui montait du pas grave
qui convient à un jardinier en chef d'un
parc impérial autrichien, le soin de refer-
mer la porte et de s'établir dans l'antichambre comme il l'entendrait.

Les deux beaux jeunes gens, toujours
enlacés et tournant sur eux-mêmes comme
deux valseurs enivrés de danse ou d'amour,
allèrent retomber sur un grand canapé faisant un entre-deux de fenêtre de la chambre
à coucher du prince.

Seulement, le jeune homme tomba pâle
et épuisé d'émotion, tandis que la jeune

fille suivait le même mouvement, mais haletante de bonheur et pleine de vie.

A la lueur des candélabres qui brû-laient sur la cheminée, elle s'aperçut de la pâleur et de la faiblesse du jeune homme, et l'enlaçant plus étroitement de son bras.

— Oh ! mon bien-aimé duc ! s'écria-t-elle en lui baisant le front en tout sens, comme pour absorber les gouttes de rosée perlant sur ce lis ; qu'avez-vous donc, êtes-vous malade, souffrez-vous ?

— Oh ! non. Je ne souffre plus, puisque

te voilà, Rosenha, dit le jeune homme; mais tu as tant tardé et je t'aime tant.

— Est-ce m'aimer, chère altesse, que de jouer ainsi votre chère santé en respirant l'air malsain de la nuit; et ne m'avez-vous pas promis cent fois de ne plus m'attendre à ce balcon maudit?

— Oui, j'ai juré cela, Rosenha, et je commence par te tenir parole. A onze heures, je suis de ce côté des vitres; si tu venais à onze heures, tu m'y trouverais.

— A onze heures! Mais vous savez bien,

monseigneur, qu'à onze heures le ballet est à peine fini.

— Oui, je sais cela; mais à onze héures, il y a déjà un jour et quelquefois deux jours que j'attends. Aussi, à onze heures et demie je mets la main sur l'espagnolette, à minuit j'ouvre la fenêtre, et que veux-tu? je m'impatiente et je t'accuse, jusqu'à ce que j'entende le roulement de ta voiture.

— Et alors? demanda en souriant la jeune fille.

— Et alors je ne t'accuse plus, mais je

m'impatiente encore jusqu'à ce que je te
voie paraître à la porte du jardin anglais.

— Et alors ? fit-elle avec une naïve coquetterie.

— Et alors je cours à la porte de l'escalier de service.

— Et alors ? insista-t-elle.

— Et alors, j'écoute le bruit de tes pas

qui retentit jusqu'au fond de mon cœur, j'ouvre la porte, j'ouvre les bras !...

— Et alors ?

— Et alors, je suis si heureux, Rosenha, acheva le prince d'une voix brisée, douce comme celle d'un enfant malade ; et alors, il me semble que je suis si heureux que je vais mourir.

— Mon beau prince ! fit la jeune fille, joyeuse et fière de sentir l'amour qu'elle inspirait.

— Ce soir, dit le duc, je ne t'attendais plus.

— Alors vous m'avez cru morte !

— Rosenha !

— Ah ! ça, monseigneur, auriez-vous par hasard la prétention, parce que vous êtes prince, d'aimer Rosenha mieux que Rosenha ne vous aime ? Oh ! tant pis, car je vous préviens que je ne vous céderai point là-dessus !

— Tu m'aimes donc bien Rosenha ? demanda le jeune homme en arrivant avec effort, et pour la première fois depuis l'entrée de la jeune fille, au bout de sa respiration oppressée. Oh ! dis-moi cela d'assez près pour que je puisse respirer tes paroles, elles me donneront de l'air, elles me feront du bien.

— Enfant que vous êtes, vous me demandez si je vous aime ! On voit que votre police est moins bien faite que celle de votre auguste aïeul, sans quoi vous ne me feriez pas une pareille question.

— Rosenha, on ne fait pas toujours

de ces questions parce qu'on doute; on
les fait pour qu'on vous réponde : Oui,
oui, oui !

— Eh bien ! oui, oui, je vous aime, mon
beau duc. Vous m'attendez, vous vous
impatientez quand je tarde, vous doutez
quand je ne viens pas. Est-ce que vous
croyez par hasard, monseigneur, que je
pourrais passer un seul jour sans vous
voir ? Est-ce que vous n'êtes pas ma pensée
unique, mon rêve incessant, ma vie entière ? Est-ce que toutes les heures de
mes jours quand je suis loin de vous ne
se passent pas à regarder votre douce
image, à adorer votre cher souvenir ? Comment avez-vous pu penser que je ne vien-
drais pas ce soir ?

— Je ne l'ai pas pensé, je l'ai craint.

— Méchant ! Est-ce que je n'avais pas à vous remercier de votre précieux bouquet ; toute la journée je n'ai pensé qu'à le recevoir, et je le respirais avant de l'avoir entre les mains.

— Et où est-il? demanda le prince.

— Où il est? belle question, dit la jeune fille le tirant tout flétri, mais tout parfumé encore de sa poitrine, le voilà.

Et elle baisa tendrement le bouquet, que

le prince lui arracha des mains pour le baiser à son tour.

— Oh! mon bouquet! mon bouquet! s'écria la jeune fille.

Le prince le lui rendit.

Et elle, le regardant et souriant délicieusement :

— Vous l'avez cueilli vous-même, n'est-ce pas ?

Le prince voulut répondre affirmative-
ment.

— Chut ! taisez-vous ! dit Rosenha,
c'est votre façon de marier les fleurs, je
l'ai reconnue. Je vous voyais de là-bas,
de Vienne, courant pour trouver ces belles
violettes dans les serres qui avoisinent la
ménagerie. A mesure que vous en cueilliez
deux, vous les couchiez sur un lit de
mousse, de peur que la chaleur de vos
mains ne leur enlevât leur fraîcheur : et à
propos, vos mains sont bien brûlantes, il
me semble.

— Non ! non ! sois donc tranquille, jamais je ne me suis si bien porté.

— Est-ce ainsi que vous avez fait,
dites ?

— Oui.

— Aussi, mon bien-aimé duc, si vous
saviez de quels regards je les ai dévorées,
de quels baisers je les ai couvertes.

— Chère Rosenha !

— Quand je mourrai, mon beau duc, je
veux que vous mettiez, sur le coussin où

reposera ma tête, deux touffes de violettes ;
il me semblera alors que vous me regardez
pendant l'éternité avec vos deux grands
yeux bleus.

Ainsi enlacés, jeunes, beaux, amoureux,
babillants, poétiques, les deux enfants —
car à peine la jeune fille avait-elle quelques mois de plus que le jeune homme —
les deux enfants étaient charmants à voir.
En les voyant, certes, on se fût rappelé
les plus suaves scènes des poètes qui ont
chanté l'amour ; mais on eût principale-
ment songé à Juliette et à Roméo. On eût
cru voir leurs fronts éclairés par les nuages
roses de l'aube, et l'on se fût demandé si
c'était le chant du rossignol ou celui de

l'alouette, qu'on allait entendre dans les jardins de Schœnbrunn.

La vue de l'amour fait croire au printemps éternel.

VII

Jalousie.

Tout à coup, le front du jeune homme se rembrunit.

Ses yeux venaient de s'arrêter sur le bracelet de diamants enroulé au bras de la jeune fille, et du bracelet de diamants avaient passé au sachet brodé pendu à la ceinture de Rosenha.

Le prince jeta un faible cri et porta sa main à sa poitrine, comme s'il venait de recevoir un coup d'aiguille dans le cœur.

La jeune fille redoubla de tendresses et de chatteries, mais le front du prince resta soucieux.

Elle, cependant, continuait de sourire, quoiqu'elle eût entendu ce faible cri, quoiqu'elle vit ce front plissé.

Enfin, elle parut se résoudre à aborder la question.

— Vous avez là sur ce beau front, dit-elle en passant son doigt effilé sur la place qu'elle désignait, vous avez là une pensé e que vous me cachez, mon bien-aimé prince; mais pour moi, elle est aussi visible sur votre front qu'une mauvaise herbe dans un champ de rôses.

Le duc respira péniblement.

— Voyons, continua Rosenha, qu'est-ce que cette pensée? Avouez-la, mon beau duc.

X

— Rosenha, dit le prince, je suis jaloux.

— Jaloux! dit Rosenha avec une coquetterie charmante, eh bien, sur ma parole, je m'en doutais.

— Ah! vous le voyez bien.

— Jaloux! répéta Rosenha.

— Oui, jaloux!

— Et de qui, mon cher seigneur?

— D'abord, je suis jaloux de tout le monde en général.

— C'est n'être jaloux de personne.

— Mais d'un homme en particulier.

— Alors, c'est du bon Dieu, mon duc, car après lui je n'aime que vous.

— Non, Rosenha, c'est d'une créature humaine.

— Alors, c'est de votre ombre, monseigneur.

— Ne plaisante pas avec une douleur,
Rosenha.

— Avec une douleur! Votre jalousie va
jusqu'à la douleur? Oh! dans ce cas, fai-
sons-la cesser bien vite. Voyons, quelle est
cette personne?

— Elle était ce soir au théâtre.

— Ah! pour cela, c'est vrai; vous aviez,
mon bien cher seigneur, ce soir au théâtre,
un rival.

— Vous en convenez?

— Et dont j'ai reçu une déclaration d'a-
mour dans toutes les formes.

— Et le nom de ce rival, Rosenha?

— C'est le public, monseigneur.

— Oh! quant à cela, dit le prince avec un petit mouvement d'humeur, je sais bien, Rosenha, que la ville tout entière est amoureuse de vous, mais écoutez-moi. Je veux parler d'une personne qui vous regardait d'une certaine façon avec des yeux si passionnés, qu'en vérité, Rosenha, j'aurais eu un certain plaisir à chercher querelle à cet impertinent personnage.

Rosenha sourit.

— Je parie, dit-elle, que vous voulez parler de l'Indien, monseigneur?

— Justement, oui, je veux parler de cet homme qui s'épanouissait insolemment dans sa loge.

— Très-bien, très bien, monseigneur, continuez, je vous écoute.

— Oh! ne raille pas, Rosen, car j'en suis sérieusement jaloux. Il ne t'a pas quittée des yeux un seul instant du moment où tu es entrée en scène, tandis que pendant l'opéra il semblait n'assister au spectacle que pour te chercher dans chaque loge.

— Que pour me chercher, moi, en êtes-
vous bien sûr?

— Et toi, méchante fille, de ton côté,
quand tu cessais de me regarder, c'était
pour tourner les yeux du côté de ce nabab. Aussi, quand tu as reparu, quel présent royal t'a-t-il jeté, ce radjah de Lahore?

— Vous pouvez en juger, monseigneur,
dit la jeune fille, en levant son poignet
à la hauteur des yeux du prince.

— Oh! j'ai bien reconnu les diamants,
va, ils sont venus m'aveugler jusque dans
ma loge. Pauvre petit bouquet de violettes,

quelle piètre mine tu faisais auprès d'eux !

— Où était le bouquet de violettes, monseigneur?

Le duc sourit à son tour.

— Où sont les diamants?

— Pourquoi les diamants ne sont–ils
pas chez toi?

— Parce que je n'ai pas voulu les sépa-
rer de la bourse qu'ils accompagnaient,

— Pourquoi cette bourse est-elle à votre côté, alors?

— Parce qu'elle renferme une lettre.

— De cet homme?

— Oui, monseigneur, de cet homme.

— Cet homme a osé t'écrire, Rosenha? Voyons, ne me fais pas souffrir plus longtemps; l'as-tu vu avant ce soir? le connais-tu? t'aime-t-il? l'aimes-tu?

Ces derniers mots furent prononcés avec un tel accent de souffrance, qu'ils retentirent jusqu'au fond du cœur de la belle danseuse.

Son visage redevint sérieux, et, quittant le ton de la plaisanterie :

— Tout est sérieux avec vous, Frantz, dit-elle, et j'aurais mauvais cœur de rire plus longtemps de la peine que ce soupçon a pu vous causer. Je connais, ou plutôt je devine, mon cher duc, toutes les tristesses que peuvent donner les soupçons les moins fondés : aussi je veux écarter au plus vite celui-ci de votre cœur. Oui, Frantz, cet homme m'a regardée toute la soirée. Ne frissonnez pas ainsi, attendez que j'aie fini. Non, Frantz, cet homme ne m'a pas quittée des yeux ; mais au regard de cet homme, croyez-moi, Frantz, une femme ne se fût pas trompée une minute ; ce regard, ce n'était point le regard passionné de l'amour, mais le regard humble et suppliant de l'amitié.

— Mais il vous a écrit, il vous a écrit, Rosen, vous me l'avez dit tout à l'heure, vous me l'avez avoué vous-même.

— Oui, sans doute, il m'a écrit.

— Et vous avez lu sa lettre ?

— Deux fois d'abord, monseigneur, puis une troisième fois.

— Oh! que feriez-vous donc pour une lettre de moi, alors?

— Une lettre de vous, mon duc, je ne la lis pas une fois, je ne la lis pas deux fois, trois fois, je la lis toujours!

— Pardonne-moi, Rosen, mais la pensée qu'un homme ose t'écrire, cette seule pensée me fait bouillir le sang.

— Avant que vous sachiez pour quelle cause cet homme m'écrit, pauvre fou...

— Fou tant que tu voudras, Rosenha, je ne dis pas non, fou d'amour! Voyons, chère fille de mon cœur, ne me rends pas malheureux plus longtemps; tiens, j'ai la poitrine oppressée, comme s'il n'y avait plus d'air dans cette chambre.

— Ne vous ai-je donc pas dit que j'avais là sa lettre?

— Oui.

— Eh bien, si je l'ai apportée, c'est pour vous la faire lire.

— Alors, donne-la moi.

Et le prince étendit la main vers le sachet parfumé.

La jeune fille prit cette main et la baisa tendrement.

— Oui sans doute, je vais vous la donner, dit-elle; mais une pareille lettre ne doit pas être prise d'une main furieuse et jalouse.

— Dis-moi comment je dois la prendre; mais, pour Dieu, donne-la moi, Rosen, si tu ne veux pas me voir mourir!

Mais Rosen, au lieu de remettre la lettre au prince, posa successivement la main sur son cœur et sur son front, comme fait un magnétiseur à l'endroit du sujet qui lui est soumis.

— Calme-toi, cœur bouillant, dit-elle, refroidis-toi, front enflammé ! ce n'est plus à mon bien-aimé Frantz que je m'adresse, c'est à Napoléon II, roi de Rome, que je désire parler.

Le jeune homme se redressa vivement, et se levant de toute la grandeur de sa taille :

— Que me dites-vous là, Rosenha, demanda-t-il, et de quel nom m'appelez-vous?

Rosenha resta à genoux.

— Je vous appelle du nom que vous avez reçu devant les hommes et devant

Dieu, sire, et je remets, de la part d'un des
plus braves généraux de votre illustre
père, cette humble supplique à Votre Majesté.

Et, toujours à genoux, la jeune fille; tirant du sachet parfumé la lettre qu'elle contenait, présenta cette lettre au jeune prince.

Celui-ci la prit avec hésitation.

— Rosen, dit-il, vous m'assurez que je
puis lire cette lettre.

— Non seulement vous le pouvez, sire,
il la jeune fille, mais vous le devez.

Le duc essuya avec son mouchoir la sueur qui coulait sur son front pâle, et, dépliant la lettre, il lut d'une voix basse et tremblante.

« Ma sœur... »

— Sa sœur ! Cet homme est-il donc votre frère, Rosen?

— Lisez, sire, insista la jeune fille, demeurant encore à genoux et continuant de donner au prince son titre royal.

Le prince reprit sa lecture.

« Les Indiens, en donnant à Lachmé,

déesse de la bonté, les contours suaves,
les grâces ineffables, les séductions enchan-
teresses de la beauté, les Indiens ont voulu
exprimer par cette idée que nulle n'était
bonne sans être belle, de même que nulle
n'était belle sans être bonne.

» La beauté du visage n'est, selon nos
poètes, que le reflet naturel de la bonté de
l'âme. Et voilà pourquoi, ayant eu la féli-
cité de contempler les beautés de votre visage, j'ai découvert à travers cette beauté,
comme à travers un cristal limpide, les
trésors de bonté de votre cœur. »

Le duc interrompit sa lecture : les quelques lignes qu'il venait de lire n'étaient

qu'un prélude complimenteur, qui le laissait encore indécis sur le sens de la lettre ; il regarda la jeune fille, comme pour lui demander une explication.

— Continuez, je vous prie, dit Rosenha.

Le duc reprit :

« Nous avons tous les deux, ma sœur, pour le même homme, ou plutôt pour le même enfant, la même tendresse, le même amour, le même dévoûment. Or, cette communauté d'affection établit entre nous, quelque étrangers que nous soyons en apparence l'un à l'autre, une étroite et sainte fraternité dont je réclame humblement les priviléges.

» Un de ces priviléges, ma sœur, le premier, le plus précieux de tous, c'est d'aller
causer de lui avec vous, le plus souvent et
le plus longtemps qu'il me serait possible;
c'est de vous parler, dans ces entrevues
que je réclame au nom de tout ce qu'il y a
de plus sacré au monde — une conviction
et un dévoûment — de sa santé qui m'ef-
fraie, de son avenir que je redoute, de son
présent qui me brise le cœur.

» C'est de chercher avec vous une issue
à cette vie que la fatalité semble avoir mi-
née; c'est de nous efforcer ensemble de
tout faire, non—seulement pour son bonheur, mais encore pour sa gloire.

» C'est là, depuis que son père est mort,

ma secrète pensée, mon but unique, mon
espérance suprême. C'est pour arriver à sa
réalisation que j'ai franchi les mers, tra-
versé la moitié du monde, et que je traver-
serais l'autre moitié, au risque de laisser
vingt fois ma vie sur le chemin que j'aurais à parcourir avant d'arriver jusqu'à
lui.

» Or, vous le comprenez bien, c'est pour
un grand dessein que je suis venu. J'ai, à
quatre mille lieues d'ici, quand je n'avais
plus rien à désirer pour moi-même, fait
pour lui le rêve de changer le nom de
Frantz en celui de Napoléon. Laissez-moi
donc espérer, ô ma sœur, qu'aidé par vous
je remettrai sur le front du fils la couronne

du père. J'en ai la ferme, l'immuable volonté, et s'il ne faut pour le replacer sur
le trône de France, que les bras d'un mil-
lion d'hommes, je sais le moyen de les
trouver.

» Un homme qui a suivi son père dans
son double exil, à l'île d'Elbe d'abord, à
Sainte–Hélène ensuite, un homme qui vient
lui parler de son père de la part de son
père, un homme dont le nom peut être
parvenu jusqu'à lui, malgré l'emprisonne-
ment où on le tient, un homme dont le
nom est le symbole de la fidélité et du dévoûment, Gaëtano Sarranti, mon compagnon, mon ami, celui qui est là à ma droite
connaît tous mes projets. C'est lui que je

charge d'en instruire le prince ; il fera ce
que je né puis faire, à mon grand regret,
moi dont tous les pas sont épiés. Obtenez
pour lui une entrevue, et que cette entrevue soit sans témoins, nocturne, secrète.

» Il s'agit, comprenez-le bién, non pas de
nos têtes, ce ne serait rien : nous ne fai-
sons que notre devoir en les résignant à ce
jeu terrible des conspirations, — mais de
l'avenir du roi de Rome, de la fortune de
Napoléon II.

» Nous ne venons pas vous dire : Trou-
vez le moyen de nous introduire près du
prince ; ce moyen nous l'avons. Nous ve-

nons vous dire que le prince consente à recevoir M. Sarranti, et demain, à la même heure où le prince aujourd'hui lira cette lettre, M. Sarranti sera près de lui.

» Demandez au prince la permission de me recevoir demain pour me rendre sa réponse, et si cette permission de me présenter chez vous m'est accordée, après avoir écarté les rideaux de la troisième fenêtre de l'aile droite du château qui regarde Miedling; levé et abaissé trois fois une bougie devant cette fenêtre, je n'ai pas besoin d'autre avis.

» Dans l'attente de cette réponse, à laquelle nous attachons plus d'importance qu'un condamné à mort n'en attache à la nouvelle de sa grâce, je vous remercie, ô ma sœur, et vous embrasse fraternellement.

» Le général comte LEBASTARD DE PRÉMONT.»

» *P.-S.* — Une recommandation suprême, ma sœur : le prince sait de quelle surveillance, invisible peut-être, mais réelle à coup sur, il est entouré. Vous ne sauriez trop lui recommander la plus grande circonspection. Il n'a besoin de se fier à personne au monde qu'à nous et à vous; qu'il ne se fie donc à personne, pas même à ce jardinier dont vous croyez être

sûrs, et qui vous introduit chaque soir
près de lui. »

Le duc de Reischtadt releva la tête,

C'était tout.

Au reste, la voix du jeune prince, au fur
et à mesure qu'il avançait vers la fin de la
lettre, avait pris un accent d'intonation
qui indiquait à quel point il était impres-
sionné par cette lecture ; mais en arrivant
à la signature, il ne put retenir un cri. Ce
nom de Lebastard de Prémont avait été
vingt fois prononcé devant lui, comme celui d'un des plus braves généraux de la pé-
riode napoléonienne.

Quant à la jeune fille, demeurée à genoux les mains jointes devant le prince
pendant toute la lecture de cette lettre,
elle sentait couler sur ses joues deux
larmes silencieuses, à l'attendrissante pensée de ces deux hommes, cœurs fermes
et dévoués, qui venaient du fond des Indes
pour avoir une entrevue avec le fils de
leur ancien maître, oubliant les mesures
inquisitoriales qui avaient été prises par
les hommes de la coalition, la police arbi-
traire semée sous toutes les formes en Europe et particulièrement à cette époque,
la sévérité inflexible dont usait le gouver-
nement autrichien envers tout homme
ayant approché de l'empereur Napoléon.

Elle frisonnait malgré elle en songeant

que cet homme, qu'elle venait de voir libre, riche, étincelant dans sa loge comme une divinité indienne dans son sanctuaire, pouvait sur la connaissance de cette lettre, qu'il lui avait jeté sous les yeux de deux mille personnes, être enlevé et conduit dans quelque noir cachot du Spielberg.

Et ce qui la touchait surtout profondément, la jeune femme au cœur pur, ardent et généreux, c'était la confiance que ces deux hommes avaient mise en elle, pauvre paria de la société, pauvre baladine de théâtre.

Aussi, jurait-elle tout bas de reconnaître en secondant de tout son pouvoir les desseins de ces deux hommes.

VIII

Les trois souvenirs du duc de Reischtadt.

Rosenha sentit que le prince la prenait par la main et la relevait de terre : on se rappelle qu'elle était restée à ses genoux.

Alors, elle jeta les yeux sur lui.

Non moins ému qu'elle, il avait les yeux

au ciel, et deux grosses larmes coulaient
sur ses joues.

— Oh! larmes précieuses, larmes d'A-
chille! s'écria la jeune fille en les aspirant
des lèvres; larmes tombées du cœur du
fils sur la tombe du père, soyez recueillies
par la France! Oh! continua-t-elle avec
enthousiasme, c'est ainsi que je vous aime,
ô mon beau duc! C'est en vous voyant ainsi
transfiguré que je remercie Dieu de m'a-
voir placée près de vous, comme le calice
destiné à recevóir la rosée de vos larmes.
Pleurez, pleurez, mon beau duc, les larmes
du fils sont fécondes, et retombent en
larmes de deuil sùr le cercueil du père.
Pleurez pendant que nous sommes seuls,

vos larmes sont comme les violettes, elles ne s'épanouissent qu'à l'ombre ou dans l'obscurité.

Et tout en parlant ainsi, la jeune fille couvrait de baisers, chastes comme ceux d'une sœur, le visage du prince tout humide de larmes.

Et lui, répondait en l'embrassant avec passion, mais cependant, avec une pensée qui semblait planer au-dessus des nuages.

— Oui, oui, chère fille, tu l'as dit, c'est

Dieu qui t'a placée auprès de moi comme
l'ange des larmes ; devant toi seule, chère
créature, cette source de pitié qui est en
moi, tarie et refoulée sous le regard des
autres, jaillit et s'écoule sous ton regard
bienfaisant.

— Mon duc !

— Sois bénie, continua le prince, sans
songer à essuyer ces larmes qui semblaient lui dégager la poitrine, sois bénie
pour les douces heures que me donne ton
souvenir, et la précieuse vie que me donne
ta présence. Oh ! tu l'as dit, avec toi seule
je puis pleurer et sourire tout haut, avec
toi seule je puis oublier et me souvenir, avec

toi seule, enfin, je puis parler de mon père
et de la France !

Rosenha comprit que c'était par cette
voie qu'elle devait arriver à son but.

— Oh ! te les rappelles-tu, mon beau
duc ? demanda-t-elle. Alors, parle m'en,
je t'en prie ! Moi aussi, moi aussi, dit-elle
avec un soupir, j'ai des rêves, comme Mi-
gnon et comme toi, d'une mère et d'un
pays perdus.

— Oui, dit le duc, dont l'œil limpide et
charmant semblait regarder dans le passé ;
oui, je me rappelle mon père, mais dans
une seule circonstance. Une nuit, je m'é-

X   15

veillai dans mon berceau, comme lorsqu'au milieu de son sommeil on sent près de soi la présence de quelqu'un qui vous aime. Deux personnes étaient debout près de moi : l'une, ma mère, la duchesse de Parme, — le jeune homme prononça ces mots avec une profonde amertume ; — l'autre, mon père, l'empereur Napoléon ; et, tout au contraire, en prononçant ces mots, le prince leva la main comme pour toucher le ciel.

Il se baissa sur mon lit et m'embrassa. J'entourai son cou de mes bras, et je l'embrassai aussi ; mais, chose singulière, il me reste de cette étreinte paternelle le même souvenir qui me resterait du baiser d'une statue.

— Et tu sens toujours ce baiser, n'est-
ce pas, mon duc?

— Oui.

— Tu vois toujours celui qui te l'a
donné?

— Oui.

— Oh ! garde bien ce souvenir dans ton
cœur, ne l'oublie jamais.

— Il n'y a pas de danger, dit le jeune
homme avec un mélancolique sourire, et
en mettant sa main sur sa poitrine, c'est

tout ce qui me reste de lui ; tu n'as pas d'idée comme il était beau, Rosenha, beau comme une effigie antique, beau comme la médaille d'Alexandre, beau comme la médaille d'Auguste.

— On dit que tu lui ressembles, mon beau duc.

— Oui, comme le rêve fugitif et sans corps ressemble à la statue d'airain ! Non, ajouta-t-il avec un accent presque douloureux, non, j'ai les yeux de ma mère, j'ai les cheveux de ma mère ; non, je suis Autrichien, moi, je m'appelle Frantz !

— Tu es Français et tu t'appelles Napo-

léon, c'est moi qui te le dis, reprit la jeune
fille. Voyons, parlons de ton père, voyons,
parlons de la France.

— Mon père, je te l'ai dit, c'est le seul
souvenir que j'en ai ; il partait pour cette
grande et splendide campagne de 1814, où
toute la gloire est du côté du vaincu. J'ai
souvent comparé mon père à Annibal
vaincu par Scipion, et cependant, plus
grand devant la postérité que son vainqueur.

—Oui, oui, plus grand que Scipion, plus
grand que César, plus grand que Charle-
magne, plus grand que tout. O mon duc,
quel exemple...

— Écrasant, Rosenha, et c'est ce qui me désespère ; que faire après un pareil homme? Tiens, je pense souvent que j'ai été placé par le destin près de cette grande figure, comme une ombre pâle et mélancolique destinée à la faire ressortir; comme ces Égyptiens que le peintre met au pied des Pyramides, pour faire ressortir la petitesse de l'homme et la grandeur du monument.

— Et cependant, mon duc, l'Arabe peut gravir la pyramide, l'Arabe peut atteindre le couronnement de la gigantesque bâtisse; il est vrai que chaque degré par lequel on atteint à ce sublime sommet est de deux coudées.

— J'y succomberai, Rosenha. Je n'ai pas la force d'être grand.

Il se laissa aller épuisé sur le canapé.

— Je n'ai pas même celle d'être heureux.

La jeune fille se coucha à ses pieds, et pensa qu'il fallait ramener ses idées à des souvenirs moins écrasants.

— Et voyons, maintenant, dit-elle, quels sont vos souvenirs de la France ?

— Oh ! ceux-là se bornent à deux.

— Dites-les-moi, mon cher prince, fit la
jeune fille en appuyant ses deux bras sur
les genoux du prince, dont le front pensif
et incliné disparaissait sous ses beaux cheveux bouclés.

— Un jour, je crois que c'était le jour
anniversaire de ma naissance, le 20 mars
1814, une semaine avant de quitter Paris
pour toujours peut-être; les premiers
rayons du printemps brillaient au ciel;
nous revenions dans ma voiture, madame
de Montesquiou et moi. Je vis tout à coup
beaucoup de fleurs, où, je n'en sais rien.
Tu sais comme j'aime les fleurs, Rosenha.
Je m'écriai : Oh! des fleurs, je veux
des fleurs, j'en veux beaucoup, j'en veux
encore, j'en veux plein ma voiture !

On alla chercher les plus belles fleurs.

Pendant ce temps, je regardais par la portière, et à l'entresol, au-dessus de ma tête, je vis assis près d'une croisée un jeune homme et une jeune fille travaillant chacun de son côté, le jeune homme à faire des montres, la jeune fille à faire des fleurs.

— Tiens, dis-je à madame de Montes-quiou, je croyais que c'était le bon Dieu qui faisait les fleurs.

— Sans doute, me répondit-elle, s ire, c'est le bon Dieu.

— Mais non, lui dis-je en lui montrant la jeune fille, tu vois bien que ce sont les femmes.

Elle sourit.

Et moi je continuai de regarder et d'é-couter.

La jeune fille chantait une chanson avec un refrain, et le jeune homme chantait le refrain avec elle.

Malheureusement, sans doute, leur dit-on que c'était moi qui étais là tout près d'eux, devant leurs fenêtres, car ils s'interrompi-

rent tout à coup, l'un de faire ses montres,
l'autre de faire ses fleurs, et tous deux se
mirent à crier : Vive le roi de Rome !

Mais moi je criais de mon côté : Je veux
qu'ils chantent, je veux qu'ils chantent !

La voiture partit.

Rosenha, je vois encore les deux beaux
jeunes gens à leur fenêtre. Souvent, depuis,
j'en ai parlé à madame de Montesquiou.
Quand j'étais enfant, elle me disait que c'é-
tait le frère et la sœur; mais depuis j'ai
compris qu'ils étaient amant et maîtresse.
Deux chardonnerets sautaient dans une
cage, la jeune fille chantait, Rosenha. Je

me mettrais à faire des montres cette nuit
même, si je pouvais aller les faire à Paris,
dans une chambrette au bord de la Seine,
tandis que toi tu ferais des fleurs et chan-
terais cette chanson qui est restée au fond
de ma mémoire. Oh ! si tu savais combien
de fois depuis j'ai passé des heures d'insomnie à renouer dans ma tête les différentes mesures de cet air, doux et mélancolique comme un air de Weber.

— Dites-moi cet air, mon cher duc,
peut-être le retrouverai-je.

Le prince essaya, mais vainement ; à la
troisième ou quatrième note, l'air se bri-
sait entre ses lèvres.

— Oh! si je savais l'air, dit-il, je suis bien sûr que je retrouverais les paroles. Je l'ai fait demander partout, chez tous les marchands de musique de Vienne et de l'Allemagne ; partout, même à l'ambassade de France.

— Mais enfin, ne vous rappelez-vous pas le titre de la chanson ?

— Non. Je ne crois pas même l'avoir entendu entière, j'en aurai entendue un couplet ou deux. Eh ! mon Dieu, je te raconte cela, chère Rosenha, pour te dire que je n'ai pas oublié le pays de mes premières années.

— Oh! mon Dieu! mon cher duc, que je voudrais donc savoir cette chanson-là.

— Peut-être est-elle absurde, au bout du compte, dit le jeune prince, mais cela m'étonnerait bien. J'en ai gardé un souvenir si pur, si doux, si frais; oh! mon enfance écoulée, oh! mon pays natal disparu, oh! les fleurs dont on encombrait ma voiture, oh! la petite fenêtre avec les deux amants, ce jeune homme faisant des montres, et la jeune fille chantant :

> N'imite pas la pâquerette
> Et fuis les yeux... les...,

Rosenha jeta un cri et courut au piano.

— Où vas-tu ? demanda le duc.

— Attendez donc, monseigneur, dit la jeune fille, serait-ce cela, par hasard ?

Et laissant courir ses doigts sur le piano, elle fit, après un brillant prélude, entendre un air suave, sur le quel elle chanta ces deux vers :

> N'imite pas la pâquerette,
> Et fuis les regards du matin.

— C'est cela, s'écria le jeune homme. Oh ! tu la sais, tu sais ma chanson ! Chante, chante, je t'en prie !

La jeune fille chanta.

Sur les gazons la pâquerette,
Aux premiers rayons du matin,
Entr'ou vre d'une main coquette
Les plis blancs de sa collerette
A tous les passants du chemin.

— Est-ce bien cela ? demanda-t-elle.

— Oui, oui, c'est bien cela, quoique je
n'aie pas entendu chanter ce premier couplet, qui était chanté sans doute quand je
suis arrivé. Oh! chère Rosenha, j'avais bien
raison de dire que tous mes bonheurs viennent de toi; n'es-tu pas bien réellement
ma sœur, dis, toi qui peux me chanter à
seize ans les chansons que j'ai entendues

à trois? Oh! je me trompe, en croyant que je te connais depuis quelques mois seulement, tu as été élevée avec moi, nous avons vécu ensemble en France. Chante, Rose - nha, je t'écoute.

Rosenha voulut reprendre la chanson où elle l'avait laissée.

— Non, dit le duc, du commencement, du commencement !

Rosenha reprit :

Sur les gazons la pâquerette,
Aux premiers rayons du matin,
Entr'ouvre d'une main coquette

X   16

Les plis blancs de sa collerette
A tous les passants du chemin.

N'imite pas la paquerette,
Et fuis les regards du matin.

— Oh! c'est cela! s'écria le jeune homme,
plus heureux que s'il eût trouvé un trésor.

La jeune fille continua :

Dans les prés verts la marguerite
Se promène coquettement ;
Le vent se met à sa poursuite,
L'enlace, et la pauvre petite
Expire aux bras de son amant.

N'imite pas la marguerite,
Et fuis jusqu'au souffle du vent.

— Je me rappelle, je me rappelle ! s'é-
cria le prince en battant des mains ; chante,
Rosenha, chante, j'écoute.

Rosenha reprit :

> Au fond des bois, les violettes,
> Chastes, dérobent leur beauté.
> Ne disant qu'aux herbes discrètes
> Le secret de leurs amourettes
> Pendant les belles nuits d'été.

> Au fond des ombreuses retraites,
> Fuyons ensemble, ô ma beauté !

Et après chaque vers, le jeune homme
répétait le vers ; et après chaque couplet,
le couplet ; et il ne laissa Rosenha quitter

le piano, que lorsqu'il sut la chanson entière, paroles et musique.

Mais elle comprit, la belle et poétique
jeune fille, qu'elle venait de s'écarter de
son but ; elle jeta les yeux sur la pendule,
deux heures du matin allaient sonner dans
dix minutes ; elle devinait que, soit le général de Prémont, soit Sarranti, soit tous
deux peut-être, attendaient en vue de la
fenêtre le signal qui devait leur être donné.

Aussi revint-elle au second souvenir du
duc de Reichstadt.

— Mais, dit-elle, monseigneur m'avait
encore parlé d'un éclair de su jeunesse,

d'un reflet de ses premiers jours. Je ne le
tiens pas quitte.

— Oh! celui-là, celui-là, dit le duc en laissant tomber sa tête sur sa poitrine, c'est
quand il me fallut quitter les Tuileries pour
Rambouillet. L'ennemi allait envelopper
Paris. Ma mère me dit : viens, Charles. Mais
moi je m'écriai : Non, non, je ne veux pas
m'en aller, je ne veux pas quitter les Tuileries ! et je m'accrochai aux rideaux du
lit, aux tapisseries de la porte, criant : Non,
non, non, je ne veux pas m'en aller !

On m'emporta malgré moi, continua le
jeune homme d'une voix étouffée. Un pressentiment me disait que je ne reverrais

jamais les Tuileries ; mon pressentiment ne m'a pas trompé.

— Eh bien, monseigneur, dit la jeune fille, les Tuileries, si vous voulez, songez-y bien, vous ne les aurez pas quittées pour toujours ; les Tuileries, si vous le voulez, vous les reverrez.

Et elle courut à la fenêtre, — à la troisième fenêtre de l'aile droite du château de Schœnbrun regardant Meidling ; — et, saisissant les rideaux d'une main, de l'autre elle éleva et abaissa trois fois la bougie.

C'était, on se le rappelle, le signal de-

mandé par le général Lebastard de Prémont.

Le jeune homme fit d'abord un pas pour
l'en empêcher, mais, réprimant presque
aussitôt ce premier mouvement de faiblesse :

— Allons, dit-il, il faut que la destinée
de tout homme s'accomplisse; merci, Rosenha !

Cinq minutes après, on entendit le bruit
d'un cheval qui passait à fond de train sur
la grande route, dans la direction de Meidling à Vienne.

IX

Qui n'est utile à rien , qu'à contenter un
caprice de l'auteur ?

Un romancier habile et désireux de mé-
nager ses effets, sauterait par-dessus le
chapitre qu'on va lire, et passerait tout de
suite, du bruit produit par le galop du
cheval qui emporte son maître vers Vienne,
à l'apparition de M. Sarranti.

Mais pour aujourd'hui, qu'on nous permette d'être un romancier inhabile. Nous l'avons dit, cette histoire est une histoire que nous racontons, pour ainsi dire, dans l'intimité de trois ou quatre mille amis. Nous nous donnons donc toute licence de faire avec notre fantaisie et non avec un compas, certains que nous sommes qu'on nous écoute avec indulgence, et qu'on nous aime jusque dans nos défauts.

Que voulez-vous? Nous n'avons pas eu le courage d'abandonner ainsi ces deux beaux enfants, que nous allons être forcés de quitter dans quelques chapitres, pour ne plus les revoir jamais peut-être, et qui, pour nous, souvenirs de notre cœur plu-

tôt que création de notre esprit, ont tout
le charme de Daphnis et Chloé de Longus,
de Roméo et Juliette de Shakespeare, de
Paul et Virginie de Bernardin de Saint-
Pierre.

Inventez la plus gracieuse des poses que
vous prêtez aux deux jeunes Grecs, aux
deux beaux Véronais, aux deux ravissants
créoles de l'Ile-de-France, et vous n'aurez
pas de tableau plus gracieux que celui que
nous offriront les deux héros de ce récit,
au moment où nous rentrerons dans la
chambre à coucher du jeune prince.

Pour la seconde fois, le prince avait
fléchi sous l'effort; le prince avait disparu,

l'enfant timide et maladif avait repris sa place. C'était lui qui, à son tour, était couché sur les coussins, et dont la tête pâle, aux artères convulsives, s'allongeait sur les genoux de Rosenha.

Assise sur l'ottomane, la jeune fille, de ses deux mains étendues, faisait un collier au duc. Ses doigts roses et effilés se croisaient sous le menton encore imberbe du prince, et lui renversant doucement la tête en arrière, elle mirait ses yeux noirs et veloutés dans l'azur humide des yeux de son amant.

Oh! que de fois, quand j'ai senti l'impuissance de ma plume à rendre ce que je voyais si bien dans le miroir de mon imagination, que de fois j'ai regretté de ne pas avoir, au lieu de la plume impuissante avec laquelle j'essaie d'écrire, le pinceau magique du Titien ou de l'Albane !

Mais que voulez-vous ? Il n'a été donné qu'au seul Michel-Ange d'avoir reçu du ciel quatre âmes. Il faut se contenter de ce que le Seigneur nous donne, et ce n'est pas moi, quelque sujet que j'en aie peut-être, qui me plaindrai de l'avarice de Dieu.

L'enfant, fatigué d'avoir un instant atteint la hauteur d'énergie de l'homme, l'enfant était redevenu enfant. Rosenha avait compris sa faiblesse, et caressait le

prince comme fait une mère de son fils,
ou plutôt une sœur aînée de son frère.

Ah! nous ne nous lassons pas de le re-
dire, c'était un tableau adorable que celui
de ce visage, un peu efféminé peut-être,
mais doux, suave, pur, renversé en arrière
et souriant les·lèvres entr'ouvertes, les
dents perlant derrière les lèvres, à cette
belle et douce créature qui avait à la fois,
pour le sublime abandonné, une triple affection, dévouée comme celle de la mère,
indulgente comme celle de la sœur, tendre
comme celle de la femme.

Oh! que de fois, dans les heures de tristesse et d'isolement, elle l'avait, ainsi

qu'elle faisait en ce moment, calmé, bercé,
endormi sous ses caresses, sous ses chansons, sous ses baisers ; pleurant avec lui,
se consolant avec lui, riant avec lui ; prête
à partir s'il l'ordonnait, prête à rester s'il
le voulait, prête à mourir s'il le désirait.

C'est que sa sollicitude pour l'illustre
enfant était immuable, infinie, suprême ;
c'est qu'elle était fière de lui, fière et folle
en même temps. On eût dit que ce jeune
homme était sa créature à elle, que nulle
autre, ni sœur, ni mère, ni nourrice, n'a-
vait de droits sur lui. Elle sentait son souffle, sa vie, son âme, intimement et indis-
solublement liés à la vie, à l'âme, au souffle
de son amant ; c'étaient cette sollicitude,

ce soin, ces prévenances, dans le sourire, dans le regard, dans le geste, qui, depuis trois mois, avaient fait oublier au jeune homme sa captivité dorée; et la prison du prince, métamorphosée par Rosenha en paradis, était devenu un lieu de délices, dont il n'eût jamais songé à s'enfuir.

Mais cette terre enchantée était pareille à l'île flottante de Latone, elle semblait être à l'ancre comme un vaisseau, et à chaque instant le sable, soit brisé par le souffle de Dieu, soit coupé par la main des hommes, pouvait laisser dériver l'île vers ces horizons ambitieux que l'on s'efforçait de cacher aux regards du jeune duc.

C'était dans ces moments-là que le jeune

aiglon, sentant pousser ses ailes, songeait
à les ouvrir et à s'envoler.

Mais ces désirs de liberté qui agitaient
parfois le cœur de l'homme se dissipaient
bien vite au souffle des passions capri-
cieuses de l'enfant ; et, comme plus jeune
il quittait son livre d'études pour voir défiler un cortége militaire, jeune homme, il
laissait ses souvenirs et ses aspirations
d'ambition politique, pour voir défiler,
comme de blanches théories couronnées
de fleurs, le lumineux cortége de ses illu-
sions amoureuses.

Mais alors, le prince trouvait un soutien
à sa virilité dans cette jeune fille même,

X   17

qu'on ne laissait peut-être pénétrer jusqu'à lui que dans l'espérance qu'elle l'éteindrait; alors, au lieu d'être une ennemie à cet avenir plein de tempêtes, mais aussi plein de foudroyante lumière, elle lui devenait une alliée; au lieu de combattre contre lui, elle combattait pour lui; au lieu d'abaisser le prince jusqu'à elle, elle tentait de s'élever jusqu'au prince. Mais jusque-là, aimante, passionnée, au lieu d'être la voix qui conseille, elle était l'écho qui répond; au lieu d'être la colonne de flamme qui guide à travers le désert, elle était le foyer qui réchauffe; elle combattait, mais sans force, sans volonté, sans but; et ces combats, commencés par des prières, des encouragements et des bravos, finissaient toujours par des baisers.

Mais ce soir-là, la lettre du général indien l'avait transformée, et l'on a vu l'influence qu'elle venait d'avoir sur la détermination du prince,

Cette détermination, le jeune homme, étonné de l'avoir prise, commençait à s'en épouvanter.

C'était la première fois, au milieu des mille sollicitations de ce genre dont il avait été l'objet, c'était là première fois qu'il consentait, sans l'autorisation du prince de Metternich, sans l'aveu de son aïeul François, à recevoir un étranger, un serviteur de son père ; et certes, il ne se fût jamais élevé jusqu'à cette audace, si la jeune fille n'avait été là pour l'exalter, le soutenir, et faire enfin matériellement, en donnant le signal du rendez-vous du lendemain, ce qu'il n'eût jamais osé faire lui-même.

Toutes les difficultés d'une pareille entreprise lui revenaient alors à l'esprit, et quelle que fût l'audace, quelle que fût l'adresse, quel que fut le dévoûment, de ces deux hommes, il ne pouvait s'empêcher de frissonner pour lui et surtout pour eux, en songeant que le lendemain à pareille heure, au lieu de causer d'amour avec une douce maîtresse, il causerait fuite, conspiration et combats avec un rude et sévère guerrier.

Aussi, au miliieu de ce silence étendu
sur le tableau charmant que nous essayons
de décrire, et qui, par son immobilité,
ressemblait à un groupe de marbre peint,
parfois le prince, frissonnant tout à coup,
secouait-il la tête.

Alors, la jeune fille lui demandait :

— A quoi pensez-vous, monseigneur?

Mais le prince continuait de rester silen-
cieux, et, comme si le bruit qu'eussent
fait ses pensées en se formulant l'eût effrayé, il pensait tout bas.

Enfin, à une de ces questions, il répondit :

— A quoi je pense, Rosenha. Je pense à la folie de ces hommes.

— A leur folie, monseigneur ; j'aurais cru que Votre Altesse pensait à leur dévoûment.

— Quand je parle de leur folie, Rosenha, je fais allusion à cet impossible projet de pénétrer jusqu'ici.

— Rien n'est impossible, monseigneur, à qui veut fermement. N'avons-nous pas lu ensemble l'histoire d'un prisonnier fran-

çais nommé Latude, qui trois fois s'est
échappé de sa prison, deux fois de la Bas-
tille, une fois de Vincennes?

— Oui, tu as vu parfois un prisonnier
fuir de sa prison, mais tu n'as jamais vu
un ami y entrer.

— Ils y entreront, monseigneur.

— Oui, mais ils seront vus, dénoncés,
arrêtés; tu ne sais pas de quelle invisible
façon je suis gardé?

— Ils le savent, eux, puisqu'ils vous disent de ne vous confier à personne.

— Si je vais faire une promenade sur le
Danube, il y a un pêcheur qui raccom-
mode ses filets juste à cent pas de l'endroit
où j'abandonne la terre ; en même temps
que la mienne, sa barque quitte le rivage ;
il a l'air de ne pas me voir et ne me quitte
pas de vue ; il a l'air de ne pas me connaître, et si je vais à lui, si je lui adresse la
parole, il balbutie les mots d'altesse, de
monseigneur.

— Croyez-vous que j'ignore cela ?

— Si je vais à la chasse et que je me
laisse emporter à la poursuite du cerf, que
par mégarde ou volontairement je me
perde sous la voûte de nos immenses fo-

rêts, sous l'ombre de nos grands arbres, et qu'arrivé là, me croyant seul, loin de tous les regards, je respire librement, non pas comme respire un prince, mais comme respire le dernier des hommes, j'entends, à cinquante pas de moi, la chanson d'un bûcheron qui lie son fagot; ce bûcheron, c'est moi qu'il attendait. La corde avec laquelle il lie la charge de bois ramassé, a un de ses bouts enroulé autour de ma botte, et je m'aperçois que je m'étais trompé : que les arbres n'ont plus d'ombre, que la forêt n'a plus de solitude.

— Vous ne m'apprenez rien de nouveau, monseigneur.

— Si, pendant les belles nuits d été, j'é-

touffe dans ces appartements aux tapisseries épaisses, et qu'il me prenne l'envie de
descendre dans ce parc, dont les frais tapis
se déroulent sous mes yeux, je rencontre
d'abord quelque valet de chambre attardé
qui monte l'escalier, tandis que je le des-
cends ; à la porte, une sentinelle qui s'ar-
rête et me porte les armes ; alors, ennuyé
d'être prince sans cesse, prince toujours,
prince dans l'obscurité comme à la lumière,
je m'élance dans le parc, je quitte les al-
lées, je m'élance dans le labyrinthe du
bois vert ; tu crois que là je suis seul, Rosenha, tu te trompes ; j'entends derrière
moi le bruit d'une branche qui craque; je
vois un tronc d'arbre qui se dédouble, une
ombre qui se glisse ; je suis aussi captif
que dans mon appartement; seulement,

ma prison, au lieu d'avoir vingt pas de diamètre, à trois lieues de circonférence ; ce n'est plus ma fenêtre qui est grillée, c'est mon horizon qui a un mur.

— Hélas ! ce que vous me dites là, monseigneur, tout le monde le dit comme vous ; mais où serait le mérite d'accomplir ce qu'ils entreprennent si la tâche n'était pas difficile, exorbitante, presque impossible ?

— Ils y renonceront, Rosenha, dit le prince, dissimulant une espérance sous un doute.

— Monseigneur, aussi vrai que vous

m'avez fait mauvais visage à mon entrée
dans votre appartement, aussi vrai, c'est
la crainte et non la conviction qui vous fait
dire une pareille chose.

— Mal reçue ?

*— Oh ! la méchante figure que vous avez
parfois, mon prince.

— J'étais triste, Rosenha.

— Dites que vous étiez jaloux.

— Soit, j'étais jaloux.

— Fi! la vilaine chose que la jalousie,
monseigneur. Laissez cela aux princes de
la maison d'Autriche, et aimez, puisque
vous êtes Français, comme on aime en
France.

— Tu sais donc comment on aime en
France, Rosenha?

— Non; mais j'ai entendu dire, mon
Dieu, qu'en France la jalousie était le plus
grand outrage que l'on pût faire à une
femme.

— Il y a du vrai là-dedans, Rosenha.
Mais ce qui est vrai ne l'est point pour toi,
qui n'es ni Française, ni Autrichienne, ni

Anglaise, ni Espagnole, ni Italienne, quoique tu aies à toi seule au moins un des dons que Dieu a faits à chacun d'un de ces bienheureux pays.

Oh ! s'écria le jeune homme en jetant ses bras autour du cou de Rosenha et en soulevant ses lèvres ardentes jusqu'à la hauteur de son visage, que tu es belle, et comme ta mère devait t'aimer !

— Vierge Marie! s'écria la jeune fille en jetant les yeux sur la pendule ; quatre heures passées! Adieu, adieu, mon duc.

— Déjà ?

— Comment ! déjà ?

— Oui, nous avons encore trois heures de nuit.

— Et quand dormirez-vous, monseigneur ? quand prendrez-vous ce repos dont vous avez si grand besoin? D'abord, je vous préviens d'une chose, c'est que si vous ne me laissez point partir, je ne reviens point demain.

— Tu te trompes, Rosenha ; tu veux dire ce soir.

— Demain, monseigneur. Ce soir, c'est

M. Sarranti que vous recevez ; ne l'oubliez
pas.

— Oui ; mais si, par hasard, il ne venait
point ?

— Je le saurais, puisqu'à midi j'attends
la visite du général.

— Mais comment le saurais-je, moi ?

— Je vous écrirai.

Le prince pâlit.

— Et quel est le messager auquel tu ose-
rais confier une pareille lettre ?

La jeune fille réfléchit.

— Je n'en connais pas un seul, moi, continua le prince.

— Moi, j'en connais un, dit Rosenha.

— Lequel ?

— Venez, monseigneur.

La jeune fille passa son bras sous le bras du prince et l'entraîna vers un petit boudoir qui avoisinait sa chambre à coucher. C'était une chambre de huit ou dix pieds carrés, exposée au midi, pleine de pots de

X   18

fleurs et de caisses d'arbustes, dont toutes
les fenêtres, treillagées, fermaient la nuit
leurs vitres intérieures, qu'elles ouvraient
le jour.

Des oiseaux des espèces les plus rares,
rouges; bleus, verts, dorés; argentés, y
dormaient dans toutes sortes de postures.

Au milieu de cette petite chambre, ou
plutôt de cette grande cage, était planté
un perchoir en bois de rose, couronné par
un toit en forme de château chinois, petite
prison au milieu de la grande.

C'était le kiosque des colombes.

A l'approche des deux jeunes gens, et

au bruit qu'ils faisaient en s'approchant,
une d'elles fit un léger mouvement, tira
sa tête de dessous son aile, fit briller dans
dans l'ombre son œil d'or, et passa son
bec rose à travers une des petites portes
de son pavillon.

Elle semblait la colombe tourière.

Elle inspecta les nouveaux venus, et sans
doute fut satisfaite de l'inspection, car elle
poussa à leur vue un petit roucoulement
qui voulait dire :

— Tu peux approcher, ami Frantz et
amie Rosenha, car nous vous connaissons

de longue date, et nous savons que nous
n'avons rien à redouter de vous.

— Eh bien? demanda le duc à Rosenha.

— Eh bien, vous ne comprenez pas,
monseigneur, de quel messager je veux
parler?

— Ah! si fait.

— Craignez-vous que celui-là vous tra-
hisse?

—Rosenha, tu es une fée!

Et le prince ouvrit la porte, allongea le bras, et prit sur son bâton la colombe qui les avait, à leur arrivée, salués de son roucoulement.

— Viens, ma belle messagère, lui dit-il en l'embrassant, ne pleure pas ainsi ; tu ne quittes ton nid que pour quelques heures, et je quitterais bien volontiers le mien, pour dormir une éternité dans celui où tu vas être.

Et il tendit la colombe à la jeune fille, après avoir embrassé une seconde fois le ruban de velours noir noué par la nature autour de son col.

Rosenha la prit, l'embrassa à la même place, ouvrit vivement sa mante, et la cacha dans sa poitrine,

Il fallait se quitter.

On convint que la colombe rapporterait la réponse de midi à une heure, et que, de midi à une heure, le duc attendrait cette réponse à la fenêtre.

Puis, les deux jeunes gens se séparèrent, Rosenha faisant jurer au duc de ne plus l'attendre sur le balcon, le duc faisant jurer à Rosenha de venir le lendemain à la nuit, pour ne s'en aller que le surlendemain au jour.

X

L'apparition.

Le lendemain, ou plutôt le soir de cette
nuit, le duc de Reichstadt, malgré la prière
et la défense de Rosenha, malgré le ser—
ment qu'il avait fait sur cette défense et
cette prière, le duc de Reichstadt était

comme la veille à cette fenêtre, attendant, non pas la jeune fille, comme la veille, mais M. Sarranti, dont la colombe était venue, à l'heure convenue, lui annoncer la visite pour minuit.

Il était onze heures et demie du soir. Encore une demi-heure, et il allait se trouver en face d'un des hommes qui avaient le plus fidèlement servi l'empereur, et qui s'apprêtait encore à le servir plus fidèlement après sa mort que pendant sa vie.

Soit impatience, soit difficulté de supporter la froide atmosphère de février, le jeune homme rentra à onze heures trois quarts à peu près, referma la fenêtre, tira hermétiquement les rideaux, alla s'asseoir sur le canapé, et laissant tomber son front dans ses mains, médita profondément.

A quoi songeait-il?

Son enfance, comme le cours monotone d'une rivière, passait-elle devant lui; ou voyait-il enchaîné à son rocher, le flanc ouvert, les entrailles saignantes, le Prométhée de Sainte-Hélène?

Au reste, la chambre qu'il habitait suffisait seule à éveiller tous ses souvenirs.

N'était-ce pas dans cette même chambre

qu'avait, par deux fois et à deux époques
différentes, habité l'empereur Napoléon,
la première fois, nous l'avons dit, en 1805,
après Austerlitz, la seconde fois en 1809,
après Wagram.

Malgré dix-huit ans écoulés, la distri-
bution de l'appartement était restée la
même.

Il se composait et se compose encore
aujourd'hui de trois vastes pièces, d'une
antichambre et d'un cabinet de toilette,
somptueusement décorés de sculptures,
de dorures, de tentures de l'Inde, de meubles de laque de Chine, le tout étant conti-
gu aux galeries où se voient les peintu-

res représentant les fêtes et les cérémonies de la cour, au temps de Marie-Thérèse et de Joseph II.

Le portrait de l'empereur François de Lorraine, celui de Joseph, de Léopold et de l'empereur régnant, peint dans son enfance auprès de sa mère, décoraient la salle de réception, dans laquelle on remarque une assez belle statue de la Prudence sculptée en marbre,

La chambre du prince était la troisième pièce, et n'avait derrière elle que le cabinet de toilette.

La porte d'entrée faisait face à ce cabinet. -

Cette chambre était ornée d'immenses glaces prises dans des panneaux sculptés et dorés. Son ameublement, un peu sombre, mais ne manquant pas d'un certain grandiose, était en soie verte brochée de fleurs jaunes jouant le reflet de l'or.

Ces fleurs, fleurs de fantaisie, se rapprochaient, par un singulier hasard, de la forme des abeilles.

Sur une des faces latérales était le canapé dont il a été déjà question dans la mise en scène des chapitres précédents; le lit était en face de la cheminée, surmontée d'une glace.

Ce canapé, Napoléon s'y était assis; ce lit, il s'y était couché; cette glace, elle avait

reflété les traits du vainqueur d'Austerlitz
et de Wagram.

Dans cette simple disposition de l'appartement qu'il habitait, n'y avait-il point,
comme nous le disions tout à l'heure,
ample matière à réflexions pour le duc de
Reichstadt, et les souvenirs qu'elle ren-
fermait du père n'expliqueraient-ils point
la rêverie où était tombé le fils?

Cependant, quelques minutes avant minuit, il parut sortir de sa rêverie, si profonde qu'elle fût, se leva, se promena dans
la plus grande longueur de sa chambre
avec agitation, se demandant à lui-même :

— Comment viendra-t-il?

Puis, avec un sourire de doute :

— Viendra-t-il, d'ailleurs ?

Comme il se faisait cette demande, cette
espèce de grincement qui précède dans les
pendules le bruit du timbre se fit entendre,
et le premier coup de minuit retentit.

Le jeune homme frissonna : n'attendait-
il pas à cette heure une apparition plus
impossible, plus fantastique que celle d'un
fantôme :

Il alla s'adosser à la cheminée, ses jambes tremblaient.

Placé ainsi, il avait à sa gauche la porte
d'entrée donnant dans le salon ; à sa droite,
la porte du cabinet de toilette.

Ses yeux étaient naturellement tournés vers la porte du salon, le cabinet de toilette n'ayant pas d'issue, visible du moins.

Tout à coup, et au moment où la vibration du douzième coup s'éteignait, il se retourna brusquement.

Il lui semblait qu'un bruit pareil à un craquement venait de se faire dans le cabinet de toilette.

Au bruit de ce craquement succéda celui d'un pas qui semblait se poser avec hésitation sur le parquet.

Le duc, nous l'avons dit, n'attendait et ne pouvait attendre personne de ce côté.

Le cabinet de toilette n'avait aucune issue.

Cependant, le bruit devenait si sensible, que le jeune homme ne put pas douter de la présence de quelqu'un dans ce cabinet de toilette. Il s'élança vers la porte, portant instinctivement la main droite à la garde de son épée, tandis qu'il étendait la gauche sur la tapisserie qui retombait devant cette porte.

Mais avant que cette main eût eu le temps de la toucher, cette tapisserie s'agita, et le duc de Reichstadt fit deux pas en arrière en voyant apparaître entre les deux sombres rideaux la figure pâle d'un homme sortant d'une chambre où il n'y avait pas d'entrée.

— Qui êtes-vous? demanda le prince,

en tirant, par un mouvement rapide comme la pensée, son épée hors du fourreau.

L'homme mystérieux fit deux pas en avant, sans paraître s'inquiéter de cette lame nue qui flamboyait à la main du jeune homme, et mettant avec respect un genou en terre :

— Je suis, dit-il, celui que Votre Majesté attend.

— Plus bas, monsieur, dit le prince, plus bas.

Et tendant à Sarranti une main que celui-ci couvrit de baisers.

— Plus bas, et ne prononcez pas ce nom de majesté.

— Et de quel titre m'est-il permis d'appeler l'héritier de Napoléon, le fils de mon empereur? demanda Sarranti, toujours agenouillé.

— Appelez-moi simplement prince, ou monseigneur, appelez-moi comme on m'appel le ici; mais avant tout, mon Dieu! dites-moi comment vous avez pu entrer, passer par ce cabinet, arriver jusqu'à moi.

— Avant tout, monseigneur, laissez-moi vous prouver que je suis bien celui qui vous est annoncé, et que je viens de la part de votre père.

— Oh! quoique je ne sache ni comment vous venez, ni d'où vous venez, je vous crois.

Alors Sarranti, tirant de sa poche un papier soigneusement enveloppé dans un autre :

— Monseigneur, dit-il, permettez que j'aie l'honneur de vous remettre ma lettre de crédit.

Le duc prit le papier, en enleva la première enveloppe, ouvrit la seconde, et vit une boucle de cheveux noirs et soyeux.

Il comprit que c'étaient des cheveux de son père.

Deux grosses larmes jaillirent de ses paupières, il porta les cheveux à ses lèvres, et les baisant avec tendresse et piété :

— O pieuses reliques, dit–il, seul souvenir matériel que j'aie de mon père, vous
ne me quitterez jamais !

Et ces mots furent prononcés avec un
accent de tendresse et de piété qui fit tressaillir Sarranti jusqu'au fond du cœur.

L'enfant était donc tel qu'il l'avait espéré,
le fils était donc digne de son père.

Sarranti leva sur le jeune homme des
yeux baignés de larmes.

— Oh ! dit–il, je suis payé de mon dé-
vouement, de ma fatigue, de mes soins.
Pleurez, pleurez, monseigneur, ce sont
des larmes de lion que vous versez là.

— Le duc prit la main de Sarranti, qu'il serra avec force et silencieusement.

— Puis, au bout d'un instant, levant à son tour les yeux sur Sarranti, et voyant le rude et mâle visage de celui-ci tout baigné de larmes :

— Monsieur, s'écria-t-il, mon père ne vous a-t-il donc pas recommandé de m'embrasser pour lui ?

Sarranti tomba dans les bras du jeune homme, et ainsi enlacés l'un à l'autre, le robuste chêne au faible roseau, tous deux confondirent leurs larmes.

Cette première émotion passée, Sarranti montra du doigt au prince, que sous la

boucle de cheveux transparaissaient quelques lignes écrites à la plume.

— De mon père? demanda le jeune
homme.

Sarranti fit signe de la tête que oui.

— De l'écriture de mon père?

Sarranti renouvela le signe affirmatif
qu'il avait déjà fait.

— Oh! s'écria le prince, j'ai demandé
dix fois de cette écriture à ma mère, elle
m'a toujours refusé.

Et il baisa religieusement les caractères
tracés par la main, et il lut les mots qui

suivent, tracés d'une écriture illisible pour tout autre que pour un fils :

« Mon fils bien-aimé,

» La personne qui vous remettra cette lettre et le souvenir qu'elle contient est M. Sarranti. C'est un frère de bataille, un compagnon d'exil auquel je remets l'exécution de mes plus secrètes pensées et de mes plus chères espérances. Écoutez ses paroles comme si vous les écoutiez de la bouche même de votre père, et quelques conseils qu'il vous donne, suivez - les comme vous suivrez les miens.

» Votre père qui ne vit que pour vous.

» NAPOLÉON. »

— Oh ! s'écria le jeune duc, il vivait, il vivait alors, c'est sa main qui a tracé ces lignes ! Soyez aimé, soyez béni, mon père, comme vous méritez de l'être ! Monsieur Sarranti, embrassez-moi encore !

Oui, oui, continua-t-il, tout en pressant le compagnon d'exil de son père contre son cœur, oui, je suivrai vos conseils comme s'ils sortaient de la bouche même de celui qui n'est plus, mais qui, par cela même qu'il n'est plus, nous voit, nous écoute, est là peut-être.

Et avec une espèce de terreur, le duc étendit la main vers l'angle le plus sombre de la chambre.

— Mais avant tout, monsieur, continua

le duc, comment êtes-vous ici? comment
y avez-vous pénétré? comment en sorti-
rez-vous?

— Venez, monseigneur, dit Sarranti,
entraînant le jeune homme vers la lumière,
et lui montrant un second papier figurant
un plan géométral, avec des indications
de l'écriture de l'empereur.

— Qu'est-ce que cela? demanda le duc.

— Vous n'ignorez pas, monseigneur, dit
Sarranti, que vous habitez au château de
Schœnbrunn le même appartement qu'y a
habité votre auguste père?

— Je sais cela, oui, et c'est à la fois un
tourment et une consolation.

— Eh bien, jetez les yeux sur ce plan, monseigneur; voici une antichambre, un salon, une chambre à coucher, un cabinet de toilette; voici tout, jusqu'à l'ouverture des portes, jusqu'à la place des meubles.

— Mais c'est le plan de l'appartement où nous sommes.

— Fait de souvenir par votre père, oui, monseigneur, après dix ans, et à votre intention.

— Je commence à comprendre l'utilité de ce plan pour vous une fois entré dans ce cabinet de toilette; mais pour y entrer, comment avez-vous fait?

Sarranti prit une bougie, et s'avançant vers la porte du cabinet de toilette :

— Ayez la bonté de me suivre, monseigneur, dit-il, et vous allez voir par vos yeux.

Le prince marcha derrière cet homme, qui lui inspirait une espèce de terreur superstitieuse, comme eût fait un être surnaturel, et pénétra avec lui dans le cabinet de toilette.

Le cabinet de toilette était hermétiquement fermé.

— Eh bien? demanda le prince impatient,

— Attendez, monseigneur.

. Monsieur Sarranti s'approcha de la
glace, éclaira son cadre avec la bougie,
appuya sur un bouton caché dans la mou-
lure, et le panneau tout entier, entraînant
avec lui la console chargée d'ustensiles de
toilette, tourna sur ses gonds et démas-
qua l'ouverture d'un escalier.

Le prince s'approcha avec curiosité.

— Oh! demanda-t-il, que veut dire ceci?

— Cela veut dire, monseigneur, qu'au
moment où il habitait Schœnbruun, en
1809, l'empereur Napoléon, lassé d'avoir
à traverser les appartements de réception,
fatigué d'avoir à répondre aux sourires

des courtisans attendant dans son antichambre ; cela veut dire que pour être
libre de descendre le matin, le soir, la nuit,
le jour, dans ces beaux jardins qui s'éten-
dent sous vos fenêtres, l'empereur Napoléon a fait pratiquer cette porte secrète,
cet escalier dérobé, dont la dernière mar-
che donne dans une espèce d'orangerie
boisée, déserte, où personne ne va ; et
comme cet escalier a été pratiqué par les
officiers du génie, comme il devait rester
caché à tout le monde, il est probable
qu'on ignore ici qu'il existe, et que nul depuis l'empereur n'y a passé, si ce n'est
son ombre, qui peut-être vient vous visiter
par ce chemin.

— Mais alors, dit le duc tout émerveillé,
mais alors...

Il n'osait finir sa phrase.

— Alors cet escalier pratiqué par le père, pourra après vingt et un ans servir au fils.

— Et je n'étais pas né quand il a été fait.

— Dieu voit jusque dans le néant, monseigneur, et ses décrets sont écrits d'avance au livre de la destinée. Seulement, lorsqu'aussi visible il se manifeste, il faut le seconder, monseigneur.

Le jeune prince tendit la main à M. Sarranti.

— Quelle que soit la volonté de Dieu à mon égard, monsieur, dit-il, je ne m'opposerai pas, je vous le promets, à son accomplissement.

Dites-moi donc maintenant ce qui vous reste à me dire.

M. Sarranti referma la porte secrète, et rentra dans la chambre à coucher, faisant passer cette fois le prince devant lui.

— Et maintenant que me voilà plus tranquille, monsieur, dit le jeune homme, parlez, je vous écoute.

Puis, posant sa main sur l'épaule du Corse :

— Prenez votre temps, monsieur, ne vous pressez donc point, vous comprenez qu'il est important que je sache tout.

FIN DU DIXIÈME VOLUME.

Fontainebleau, Imp. de E. JACQUIN.

Ouvrages de Gondrecourt.

Le baron Lagazette	5 vol.
Le chevalier de Pampelonne	5 vol.
Mademoiselle de Cardonne	3 vol.
Les Prétendans de Catherine	5 vol.
La Tour de Dago	5 vol.
Le Bout de l'oreille	7 vol.
Un Ami diabolique	3 vol.
Médine	2 vol.
La Marquise de Candeuil	2 vol.
Le Légataire	2 vol.
Le dernier des Kerven	2 vol.
Les Péchés mignons	5 vol.

Ouvrages divers.

Le Coureur des bois, *par Gabriel Ferry* . . .	7 vol.
Les Crimes à la mode, *par André Thomas* . .	2 vol.
Le Mauvais Monde, *par Adrien Robert.* . . .	2 vol.
Une Nichée de Tartufes, *par Villeneuve* . . .	3 vol.
La famille Aubry, *par Paul Meurice.* . . .	3 vol.
Louspillac et Beautrubin, *par le même* . . .	1 vol.
Le Tueur de Tigres, *par Paul Féval*	2 vol.
Une Vieille Maitresse, *par Barbey d'Aurevilly* .	3 vol.
Les Princes d'Ebène, *par G. de la Landelle* . .	5 vol.
L'Honneur de la famille, *par le même*	2 vol.
Un Beau Cousin, *par Maximilien Perrin* . . .	2 vol.
Le Roman d'une femme, *par A. Dumas fils* . .	4 vol.
Faustine et Sydonie, *par Mme Charles Reybaud.*	3 vol.
Le Mari confident, *par madame Sophie Gay* . .	2 vol
Georges III. *par Léon Gozlan*	3 vol.
Sous trois rois, *par Alexandre de Lavergne* . .	2 vol.
Trois reines, *par X. B. Saintine*	2 vol.

Fontainebleau, imprimerie de E. Jacquin.